丛林之书

CONGLIN ZHI SHU

沈石溪 主编

〔英〕拉迪亚德·吉卜林 著
王伊鸣 译

新世纪出版社
·广州·

图书在版编目（CIP）数据

丛林之书 / 沈石溪主编；(英) 拉迪亚德·吉卜林著；
王伊鸣译. — 广州：新世纪出版社, 2022.4（2024.1 重印）
（沈石溪挚爱动物小说系列）
ISBN 978-7-5583-2826-8

I. ①丛… II. ①沈… ②拉… ③王… III. ①儿童小说-长篇小说-英国-近代 IV. ①I561.84

中国版本图书馆CIP数据核字(2021)第023136号

丛林之书
CONGLIN ZHI SHU

出 版 人：	陈少波		
责任编辑：	秦文剑　黄翩先　许祎玥		
责任校对：	毛　娟　杨洁怡		
责任技编：	王　维		
插　　画：	吉春鸣		

出版发行：SPM 南方传媒｜新世纪出版社
（广州市越秀区大沙头四马路12号2号楼）

经　　销：	全国新华书店		
印　　刷：	河北鹏润印刷有限公司		
规　　格：	880 mm×1230 mm	开　本：	32开
印　　张：	7.5	字　数：	131千
版　　次：	2022年4月第1版	印　次：	2024年1月第2次印刷
定　　价：	28.00元		

质量监督电话：020-83797655　购书咨询电话：020-83781537

人类与动物的心灵对话

随着人们的环保意识日益觉醒，随着中小学生课外阅读蔚然成风，描写大自然和野生动物的文学作品在国内图书市场悄然走红，尤其动物小说，更成为近几年出版界的热门品种。无论是从国外引进的动物小说，还是国内原创的动物小说，都在书店柜台的醒目位置占有一席之地。品种繁多，琳琅满目，蔚为大观。

繁荣景象背后，也出现一些乱象。有些动物小说创作的后起之秀，为了让自己的作品更加吸引读者眼球，把缺口和准星瞄准人性与兽性冲突这个靶心。人性与兽性，是人类进化必须要面对的问题，也是社会文明进程永恒的话题。从这个意义上说，写动物小说，围绕人性与兽性，是一种很讨巧的做法，既有深度又有广度，具有无限丰富的内涵和无限广阔的外延。但同时也必须注意到，因为描写兽性容易使作品出彩，有些作家会自觉或不自觉地渲染兽性，进而赏玩兽性，给作品涂抹太浓的血腥气和太恐怖的暴力色彩。从本质上说，儿童文学是爱的文学，是闪耀人性光辉的文学，是传播正能量的文学。任何关于兽性的描写，无论是人身上的兽性描写，还是动物身上的兽性描写，只能是必要的衬托和对照，用兽性来衬托人性，用黑暗来对照光明。人性永远是第一位的，光明永远是第一位的。我赞赏很多作家围绕人性与兽性来结构故事、创作动物小说，我自己的很多作品其实也着眼于人性与兽性这个主题，但我还是想说，在描写人性与兽性的冲突时，可以轻微摩擦、合理冲撞，只有注意分寸、讲究适度，才能让自己的作品立于永久不败之地。

　　动物小说创作还有一个突出的问题，就是在描写人与动物的关系时，作者往往愤世嫉俗，咒骂人类的贪婪无耻，以动物的保护神自居，以揭露人类身上的丑陋为己任，所以很多作品，包括许多很有影响的经典动物小说，都带有暴戾之气，嘲讽人类、挖苦人类、鞭笞人类，把人类社会当作黑暗的地狱，把大自然、动物世界当作光明的天堂。作者看起来就像挥舞斧头的战将，不由分说一路砍将过去，要为可怜的动物们杀开一条血路。文风当然非常犀利，对肆意破坏环境、屠杀野生动物致使生态日益恶化的人类来说，不啻一剂警醒的猛药。但杀鬼的战将，自己的面目也难免狰狞。这类作品，缺乏宁静美，少了一点雍容华贵的大家风范。

我更欣赏东方民族的智慧，平和豁达，从容儒雅，不走极端。我更钦佩这样的动物小说：中庸宁静、慈悲为怀、大爱无言、大爱无疆，既关爱动物也关爱人类，既欣赏野生动物身上的自然美和野性美，也欣赏人类社会的人文美和人性美。动物很美丽，人类也美丽。对一切生灵，都投以温柔眼光，都施以爱的抚慰，采取理解包容的态度。少一些人与动物的激烈对抗，少一些善与恶、美与丑、爱与恨的激烈对抗，少一些血淋淋的暴力场面，因为人与动物不是水火不能相容的两极，而理应建立相濡以沫、共生共荣的和谐生态圈。

世界原本就不应该有这么多喧嚣、杀戮和仇恨。世界原本就应该宁静、平和、充满爱的阳光。每一种生命，包括人类，包括美丽的野生动物，都应该有尊严地在我们这颗蔚蓝色星球继续生存下去。

这就需要对话。以对话代替战争，以和平代替杀戮，以平等代替歧视，以温柔代替粗暴，以尊重代替仇恨。通过对话建立大自然新秩序：人与动物和谐共存。

优秀的动物小说，就是人类与动物的心灵对话。

从事动物小说创作的作家，无论中国作家还是外国作家，每一位都应该是大自然的守护者，都应该是动物福利的代言人。阅读动物小说，应该让人真切感受到作家对生命的敬畏和对动物的尊重，应该让人真切感受到另类生灵的美丽与灵性。这既是艺术的享受，也是精神的洗礼和灵魂的升华。从而让我们的心灵变得更柔软，让我们的感情变得更丰富，让我们的视野变得更开阔，让我们的生活变得更美好。

这一次，磨铁图书联合新世纪出版社，隆重推出《沈石溪挚爱动物小说系列》，为青少年读者打造了一套优质的动物小说书系，可以说是一件非常有意义的事情。一套书在手,尽览天下优秀动物小说之精华。相信这套书投放市场后,一定能受到广大读者欢迎。

是为序。

沈石溪

2018年12月17日写于上海梅陇书房

目录
CONTENTS

莫格里的兄弟们   1

卡奥捕猎   34

"老虎！老虎！"   76

白海豹   107

"里基·提基·塔维"   140

大象图梅   167

女王陛下的仆人们   199

莫格里的兄弟们

蝙蝠曼格放开黑夜，

鸢鹰瑞恩接回巢中。

牛群关进了栅栏棚舍，

黎明前我们肆意放松。

展示骄傲权利的时刻到了，

亮出利爪、獠牙和尖螯。

听！那号召！

——祝捕食愉快，

丛林法则切勿忘掉！

——《丛林夜歌》

傍晚七点，塞昂山温暖宜人。狼爸爸从白天的小憩中醒来，打打哈欠，挠挠身子，把爪子一个个舒展开，好摆脱爪尖的倦意。狼妈妈躺在地上，用灰色的大鼻子爱抚着四只翻滚嚎叫的幼崽。月光皎洁，照进了山洞。"嗷呜！"狼爸爸说，

"又该去打猎了。"他正要纵身跳下山,一个毛发蓬松的瘦小身影蹿到洞前,呜呜叫道:"狼首领,祝您好运,也愿高贵的狼族后代好运。愿他们白牙尖利,愿他们记得这世上还有饥饿的我们。"

说这话的是一只豺,名叫塔巴奎,外号"舔得净"。狼群很瞧不起塔巴奎,因为他总是到处使坏,搬弄是非,还吃村子垃圾堆里的破布和皮革碎片。但狼群也害怕他,因为他比丛林中的其他动物更容易失控,发起疯来谁也不怕,在森林里四处狂奔,见谁咬谁。塔巴奎一发狂,连老虎都躲得远远的,因为染上疯病而失控,在野兽看来是很丢脸的事情。我们称之为"狂犬病",但他们称之为"德瓦尼"——这疯病谁遇上都躲得远远的。

"你是不是又想来找吃的?那就进来找!"狼爸爸没好气地说,"可惜,这儿没吃的。"

"对你们狼来说,是没有,"塔巴奎说,"可对我这样卑贱的豺来说,一根干骨头都是大餐。我们算什么东西呀,哪轮得到我们挑三拣四呀?"他颠儿颠儿地跑进洞穴,找到一根带点肉的鹿骨头,自顾自高兴地坐下啃了起来。

"真是一顿美餐哪！"他边说边舔舔嘴，"您这些高贵的孩子真美，眼睛真大！还这么年轻！是的，是的，我早该想起来，狼王的后代们从小就是大英雄。"

塔巴奎知道，没什么比当着父母的面吹捧恭维他们的孩子更尴尬的事了。他看到狼爸狼妈不自在的模样，心里很得意。

塔巴奎坐着没动，他还沉浸在自己搞的恶作剧里，他不怀好意地说："丛林王谢可汗跟我说，他要换个地方捕食，明天月亮升起的时候就会到这边山头来。"

谢可汗是只老虎，住在三十二公里外的怀冈加河附近。

"他没权利在这儿捕食！"狼爸爸愤怒地说，"根据丛林法则，如果不事先通知，他没有权利换领地。否则，方圆十六公里内的所有猎物都会被他吓跑的。况且，为了孩子们，我最近必须得捕到两倍的猎物才行。"

"他妈妈不是无缘无故叫他瘸腿虎的。"狼妈妈轻声说，"他出生时一条腿就是瘸的，只能捕猎农场的牛，怀冈加村村民都对他恨之入骨。现在，他又来招惹我们。如果发现他跑了，怀冈加村村民就是放火烧林，也非找到他不可。他们要是把草地烧了，我和孩子们无处藏身，只能逃跑。这么说来，我们还真得'感激'谢可汗哪！""要不要我帮你们谢谢他？"塔巴奎明知故问。"滚！"狼爸爸厉声打断他，"滚出去，和你的主人捕猎去吧。你这一晚上做的坏事可够多了。""我走就是了，"塔巴奎小声说，"你们听，谢可汗就在下面的树丛里。我本来可以不告诉你们这个消息的。"狼爸爸侧耳细听，山谷下的小河边果然传来了老虎愤怒的吼声。显然，他还没捕到猎物，也不在乎是不是整个丛林的动物都能听到。"这个蠢货！"狼爸爸说，"夜里捕猎还敢闹出这么大动静！他以为我们这儿的鹿都像怀冈加的肥公牛一样傻呀？"

"嘘！他今晚要捕猎的不是公牛或雄鹿，"狼妈妈说，"他要捕猎的是人！"

吼声变成了低沉的呜呜声，像是从四面八方传来的。露宿的樵夫和吉卜赛人不知所措，四处逃窜，结果恰好落入虎口。

"还想吃人？"狼爸爸露出满嘴白獠牙，"呸！池子里的甲虫和青蛙还不够他吃的吗？非要吃人，而且还要在我们的地盘上吃！"

丛林法则禁止野兽吃人，除非是教孩子怎么捕杀猎物。

而且，即使要捕杀，也必须是在自己族群的捕猎领地之外才行。丛林法则全都有根有据，它禁止猎杀人类的真正原因在于，一旦有人被杀，白人们迟早会骑着大象，带着猎枪杀回来。还会有几百个棕色皮肤的人敲着锣，扛着烟花弹，举着火把跟过来。那样的话，整个丛林都会遭殃。野兽们自称不杀人类，是因为人是所有物种里最弱、最没有防御能力的，杀人太不光明磊落了。他们还说，情况也确实如此，吃人会生疥癣，还会掉牙。

低沉的呜呜声越来越响，最后变成洪亮的嗷呜声，这是老虎奋力猛冲时发出的声音。

随后又是一声咆哮，听起来却没了老虎的威风。"他没扑到，"狼妈妈说，"这是怎么回事？"

狼爸爸往外跑了几步，听到谢可汗在灌木丛里打滚，咕咕哝哝地抱怨着。

"这个蠢货肯定是傻头傻脑地跳到了樵夫的篝火堆，被烧伤了脚。"狼爸爸哼道，"塔巴奎也在他旁边。""有东西上山了，"狼妈妈一只耳朵动了动，"准备好。"灌木丛发出沙沙声，狼爸爸蹲坐在那儿，蓄势待发，准备纵身跳起。

如果你也在场,准会看到世界上最有意思的一幕——一只狼跳到半空中,却忽然收住了脚。他在还没看清要扑倒的对象时就已经起跳,后来又试图停下。结果,他直直地飞向空中,跳了差不多一米五那么高,最后又落回了原地。

"是人!"他大喊道,"是个小孩。快看!"

狼爸爸面前站着一个刚会走路的棕皮肤小孩,全身赤裸,手里抓着一根低处的树枝——狼爸爸还从没见过皮肤这样细嫩、满面笑容的小生命晚上光临狼窝呢。他看着狼爸爸,笑了起来。

"真是个小孩?"狼妈妈问,"我还从来没见过呢,快叼过来让我看看!"

狼习惯把自己的幼崽叼来叼去,甚至能用嘴衔着鸡蛋而蛋壳不破。所以,尽管狼爸爸咬住了小孩的背,把他放进了狼崽堆里,狼牙却丝毫没伤到小孩的皮肤。

"好小啊!光溜溜的,胆子还——还这么大!"狼妈妈轻声说。这个小孩正在狼崽堆里拱来拱去,想挤到更暖和的一边去。

"啊!他和咱们的孩子一起吃起来了。这就是人类的小孩呀。之前有没有狼把人类的小孩和自己的崽子一起养的?"

"我倒是听说过这种事,可在我们族群,或者我们这个年代还真没有过。"狼爸爸说,"他还没长什么毛发,我一脚就能把他踩死。但是你看,他还抬头看我,一点都不害怕。"

谢可汗的大方脑袋和肩膀挤进了洞穴口,挡住了月光。塔巴奎在他身后,叽叽歪歪地说:"我的主人,我的主人,他是从这儿进来的!"

"谢可汗大驾光临,我们真是荣幸之至。"狼爸爸虽然嘴上这么说,眼睛里却满含怒气,"不知谢可汗需要什么?"

"我要我的猎物。一个人类的小崽子跑到这边来了,"谢可汗说,"他父母都跑了,把他交出来!"

狼爸爸猜得没错,谢可汗一脚跳到樵夫的火堆上了,因为烧到脚而疼得怒不可遏。狼爸爸知道洞口狭窄,老虎很难进来。像他现在这样,肩膀和前爪已经挤得伸不开了,窘迫的滋味就好像人要在木桶里打架似的。

"狼是自由的族群,"狼爸爸说,"我们只听族群首领的,不会听命于一个身上有斑纹还专门捕牛的家伙。这个人类的小孩是我们的——我们要想杀他,自己会杀的。"

"什么你们想不想的！这是什么话？凭我杀死的公牛起誓，难道非要我把鼻子伸进你们的狼窝，找回本来就属于我的猎物吗？你搞清楚，现在可是我，谢可汗，在对你说话！"

老虎吼声如雷，响彻整个洞穴。狼妈妈抖抖身子，甩开身边的狼崽，跳上前去，眼睛像暗夜里的两轮绿色的月亮，直勾勾地盯着谢可汗愤怒的双眼。

"听着，是我，拉克莎（魔鬼），在回答你。这个人崽子是我的，我的！我不会杀了他。他会跟狼群一起生活、奔跑、捕猎。等着瞧吧，你这个只会捕杀赤裸小孩的家伙，你这个连青蛙和鱼都吃的东西！现在，快给我滚，滚回你老娘身边，你这个挨丛林野火烧的东西。否则，我以我杀过的公鹿起誓（我可不吃饿坏了的牛），一定把你打得比出生那会儿还瘸！滚！"

狼爸爸惊呆了。他都快忘了自己当初是怎么通过公平竞争打败五头公狼才娶回狼妈妈的，那时狼群称她为"魔鬼"可绝不是什么恭维话。谢可汗或许和狼爸爸交过手，可他绝不敢公开对抗狼妈妈。他知道，狼妈妈在这儿有绝对优势，肯定会血战到底。他低吼着退出了洞口，到了洞外才咆哮道："狗只会在自己的地界上撒泼！走着瞧吧，看狼群会不会让你们养这个人崽子。

这个小崽子早晚会落到我嘴里，你们这蓬尾巴的贼！"

狼妈妈喘着粗气，躺回狼崽堆里。狼爸爸表情严肃地对她说："谢可汗说得也有道理。这个人崽子总归要给狼群看的。你还要养吗，狼妈？"

"养！"她喘着气说，"我们见到他时，他光着身子，孤零零地在夜里，还饿着肚子，可他一点也不害怕。你看，他甚至还把我们的孩子挤到一边去了。如果让那个瘸腿的屠夫杀了他，然后跑到怀冈加村去，村民们肯定会搜遍我们的洞穴来报仇的！要养吗？当然要养！躺好别动，小青蛙。噢，你这个莫格里——我要叫你小青蛙莫格里——现在是谢可汗要捕杀你，总有一天会轮到你捕猎谢可汗！""可族群那边要怎么说呢？"狼爸问。丛林法则明确规定，任何狼在结婚后都可以退出原来的族群。可一旦他的狼崽大到可以站立，他就必须把狼崽带到狼族议会去。会议通常在每月月圆之时召开，以便让其他狼都能认识这些狼崽。经议会检视后，狼崽就可以自由行动了。在他们杀掉第一只公鹿前，族群中的任何成年狼都不得以任何借口杀掉狼崽。一旦发现谁猎杀狼崽，必死无疑。你稍微动动脑筋，就知道为什么会这样规定了。

等到狼崽能跑了，狼爸爸就在月圆之夜带着他们和莫格里以及狼妈妈去了议会岩。那儿遍地都是石块和鹅卵石，可容纳上百只狼藏身。阿克拉是只灰毛孤狼，凭借力量和计谋领导族群。现在，他正躺在岩石上，身后坐着四十多只狼，大小、毛色不一，有可以独自捕杀公鹿的獾色老狼，还有自以为也能捕杀公鹿的三岁小黑狼。孤狼领导他们已经有一年了。小时候，他曾两次掉入人类的陷阱，有一次还被狠狠打了一顿，丢在一边等死。所以，他深知人类的行为习惯。议会岩上，大家都很少说话。狼爸狼妈围成圈，狼崽们就在圈里跌跌撞撞地翻滚，偶尔有年长的狼轻轻地走到一只狼崽身边，仔细观察，然后又安静地回到原位。有时候，母狼会把自己的狼崽推到月光下，以确保自己的孩子不会被漏看。阿克拉躺在岩石上，高声喊道："你们知道规矩——你们知道规矩。看仔细了，狼族成员们！"这时，一些焦虑的狼妈妈就会跟着喊："看吧，看仔细了，狼族成员们！"

终于，这个时刻还是来到了。狼妈妈紧张得毛发直立，狼爸爸把青蛙莫格里推到了中间（他们就是这么叫他的）。莫格里坐在那儿，笑嘻嘻地玩着月光下闪闪发亮的鹅卵石。

阿克拉没有从爪子里抬起头来,还是一直重复喊着:"看仔细了!"一个低沉的声音从岩石后面传来,是谢可汗!他大喊道:"这个人崽子是我的,把他给我!你们自由狼族要这个人崽子干吗?"阿克拉无动于衷,耳朵晃都没晃一下。他只是说:"看仔细了,狼族成员们!除了自由狼族的规矩,我们为什么要听别人的命令?看仔细了!"

狼族低声吼叫,一只四岁的小狼把谢可汗的问题又抛给了阿克拉:"自由狼族要这个人崽子干吗?"现在,丛林法则规定,如果族群对接受一只狼崽有争议的话,那么,除了他的父母,必须还有另外两位狼族成员为他说话才行。"谁要为这个小崽子说话?"阿克拉问,"自由狼族的成员们,谁要为他说话?"没人站出来。狼妈妈已经做好准备,如果事情发展到要搏斗的境地,那这可能是她的最后一战。这时,唯一一位不属于狼族但被允许出席会议的与会者巴鲁站了出来。他是只总打瞌睡的棕熊,负责教授狼崽丛林法则。他可以自由来去,因为他只吃坚果、树根和蜂蜜。"人类的崽子?人娃娃?"他嘟哝着,"我为他说话。人崽子不会带来什么伤害。我不太会说话,可我说的都是大实话。让他加入狼族,跟大家一起奔跑吧。我来教他丛林法则。"

"还需要一位！"阿克拉说，"巴鲁已经为他说话了，他是小狼们的老师。还有谁要替人崽子说话吗？"

一个黑影跳到中间来了，是黑豹巴希拉。他全身漆黑，但豹纹在月光下从某个角度看就像波纹丝绸上的图案。大家都认识他，没人敢挡他的路。因为他像塔巴奎一样狡猾，像野水牛一样胆大，像受了伤的大象一样无所畏惧，但他的声音却像从树上滴落的野蜂蜜一样舒缓，皮肤比绒毛还要光滑。"阿克拉，还有狼族的自由公民们，"他低沉而柔和地说，"我本无权在你们的会议上发言，但根据丛林法则，如果对处理新狼崽有争议，又没到要杀了他的地步，是可以付出一定的代价买下狼崽的。而且，丛林法则也没有说谁可以买，谁不可以买。我说得对吧？"

"没错！没错！"那些总是饿肚子的小狼说，"听巴希拉的吧，这个狼崽是可以花钱买下来的。丛林法则是这么规定的。"

"其实，我无权在此发言，所以想先征求各位的允许。""你接着说吧。"二十多只狼喊道。"杀一个赤裸裸的幼崽是可耻的。而且,他长大之后或许还能帮你们捕到更多的猎物。巴鲁已经为他说话了。现在,除了他的支持,如果你们能根据丛林法则接受这个人崽子,我愿意献上一头公牛,一头刚刚猎杀的肥公牛,就在离这儿五百米的地方。"

有二十几只狼吵吵嚷嚷地喊道:"接受他有什么关系呢?反正他也会在冬天下雨的时候冻死,在大太阳下热死。一个赤裸裸的青蛙能对我们怎么样?就让他跟着狼群吧。就接受这个人崽子吧。巴希拉,牛在哪儿呢?"这时,阿克拉的低吼声又响了起来:"看仔细了——看仔细了,狼族成员们!"

莫格里仍然沉迷于玩卵石,丝毫没有注意到狼族成员们一个个过来仔细观察了他。最后,他们都下山去找那头死公牛了,只有阿克拉、巴希拉、巴鲁和莫格里的家族留了下来。暗夜里,谢可汗仍然低吼着。他非常气愤,因为这群狼并没有把莫格里交给他。

"呵,就让他吼吧。"巴希拉说,"凭我对人类的了解,总有一天这个光着身子的小东西会让你换个调儿叫的。"

"这事做得对,"阿克拉说,"人类和人类的小孩都非常聪明,说不定哪天他就能帮上我们。"

"是的,需要时他能帮上忙。因为没有谁可以永远领导狼群。"巴希拉说。

阿克拉默默无言。他想到,对于每个族群首领来说,总有那么一天,他会变得越来越无力,直到被其他狼杀掉,一个新的族群首领随之出现,然后迟早也会照这样的规律死去。

"把他带走,"他对狼爸爸说,"训练他,让他配得上自由狼族的身份。"

就这样,莫格里凭着巴鲁替他说好话和一头公牛的代价,加入了塞昂山狼群。

现在,我们要跳过之后整整十年或十一年的时间,只请你想象一下莫格里在狼群中愉快成长的美好日子吧。不用觉得遗憾,因为如果全都写下来,可能要写好几本书。他跟狼崽一起长大,当然,他还是个孩子的时候,狼崽就已经长成成年狼了。狼爸爸教他狼的本领和丛林中各种事物的含义。从草丛中的每一阵沙沙声、夜间温暖空气里的每一声呼吸、头顶猫头鹰的每一声啼叫、蝙蝠每一次在树上栖息时爪子的刮擦声,到小鱼儿每一次跃进池塘溅起水花时的扑通声,他都了然于胸,就像商人对办公室事务一样熟悉。不学习的时候,他就坐在太阳底下睡觉，吃东西，吃完接着睡。要是觉得脏或者热了，他就去树林的池子里游泳。想吃蜂蜜了（巴鲁告诉他蜂蜜和坚果就像生肉一样美味），他就爬到树上去采，巴希拉教过他怎么做。

巴希拉会躺在树枝上叫他："来呀，小兄弟！"一开始，莫格里怕得像个树懒似的紧抓着树干。到后来，他胆子大得像个灰猿，能在树枝间荡来荡去了。在议会岩，他也有了自己的位置。族群集会时，他发现如果自己狠狠盯着某只狼看，这只狼就会被盯得垂下眼去。他倒以此为乐，常盯着他们看。有时候，他会帮朋友拔出爪子里的刺，因为狼会被一些植物刺到，刺扎在毛皮里很痛苦。夜里，他会下山好奇地看住在农舍里的村民。但他不信任人类，因为巴希拉带他看过一个方盒子，下面有扇门，在丛林里藏得特别隐秘，他差点就走进去了。巴希拉告诉莫格里，这就是个陷阱。他最爱跟着巴希拉走到昏暗却温暖的森林深处，昏昏沉沉地睡一整天，然后在夜里看巴希拉捕食了。巴希拉饿的时候就到处捕杀，莫格里也是——但只有一种猎物例外。莫格里能明白事理以后，巴希拉就告诉他，永远不要碰牛，因为他能进狼族，是用一头公牛的命换来的。"整个森林都是你的。"巴希拉说,"只要你有本事,什么都可以杀来吃,但看在公牛救了你命的分上,不管是小牛还是老牛,你永远也别杀或者吃任何一头牛,这是丛林法则。"莫格里恪守着这一点。

他慢慢长大,长成了一个男孩子该有的强壮模样。他不知道自己正在学很多东西。他在世上无忧无虑,除了吃,什么都不用想。

狼妈妈不止一次地告诉他,谢可汗是个不值得信任的老虎,总有一天他必须杀掉谢可汗。如果是小狼,可能每时每刻都会想起这个忠告,但莫格里总会忘记,因为他只是个小男孩——尽管如果他能说人话,他也会称自己是只狼。

他经常在丛林里碰见谢可汗。随着年纪越来越大,阿克拉越发衰弱,而这个瘸腿老虎和狼群里长大的小狼成了好朋友,这些狼跟着谢可汗吃他的剩饭。如果阿克拉严格履行自己的职责,他是绝不会允许这种事发生的。谢可汗还会奉承这些狼,说他觉得奇怪,为什么他们甘愿被一只垂死的老狼和一个人类幼崽领导。"我听说,"谢可汗说,"狼群议会的时候你们都不敢看他。"这些狼听了,气得毛发直立,发出一阵嚎叫。

巴希拉因为到处都有眼线，对这事也有所耳闻。有那么一两次，他跟莫格里唠叨了很多，说谢可汗有一天会来杀他。莫格里就笑着答道："我有狼族伙伴们，还有你，还有巴鲁，虽然他很懒，但至少也会为我打一两拳的。我为什么要害怕？"

那天，天气很暖和。巴希拉想到了个新点子。他因为听到一些事受了启发，那些事可能是豪猪伊基告诉他的。他和莫格里去了丛林深处。当莫格里躺在地上、头枕在巴希拉漂亮的黑豹皮上时，他问莫格里："我的小兄弟，我告诉过你几次谢可汗是你的敌人？"

"棕榈树上的果子有多少，你就告诉过我多少次了。"莫格里说道，他自然是不会去数的，"怎么啦？我很困了，巴希拉，谢可汗不就是跟孔雀玛奥似的，尾巴长，嗓门大，爱吹牛吗？"

"现在可没时间睡觉了。巴鲁知道这件事，我知道，狼群知道，甚至连那蠢得不行的鹿都知道。塔巴奎也告诉过你了吧？"

"嗬！嗬！"莫格里说，"塔巴奎前些日子刚来找过我，还说了些特别无礼的话,说我是个光溜溜的人崽子,不配挖花生米吃。我拎起他的尾巴,朝棕榈树上甩了两下,让他懂点礼貌。""傻孩子,尽管塔巴奎喜欢恶作剧,但他也能告诉你一些跟你有关的事情。睁开眼,小兄弟。谢可汗不敢在丛林里杀你。但你要知道,阿克拉已经非常老了,他可能很快就没法自己猎杀公鹿了。到那时,他就不能再做狼族首领了。你刚进狼群议会时观察过你的狼们也都老了,那些长大的小狼因为接受了谢可汗的灌输,认为人类的幼崽不该在狼群有一席之地。过不了多久,你就要长大成人了。"

"长大了就不能跟兄弟们一起奔跑了吗?"莫格里问,"我长在丛林。我遵守丛林法则,我给这里所有的狼都拔过脚上的刺。他们自然是我的兄弟!"巴希拉伸展了一下全身,然后半闭上眼睛。"小兄弟,"他说,"来摸摸我的下巴。"

莫格里伸出粗壮的棕色手掌,放到巴希拉顺滑的下巴底下。巴希拉隆起的肌肉藏在他那光亮的毛发里。莫格里在那儿摸到了一小块光秃秃的地方。

"丛林里没有人知道,我,巴希拉,有这么一块疤痕。这是项圈勒出来的痕迹。小兄弟,我是在人类世界出生的,我妈妈也是死在人类手中——死在乌代浦国王宫殿的笼子里。这就是为什么,在你还是个光溜溜的小娃娃时,我用一头牛救下了你。没错,因为我也是在人类中出生的。那时,我从没见过丛林,他们从栏杆外用铁盘子拿吃的喂我。直到有一晚,我意识到我是巴希拉,一只黑豹,不是人类的玩物,于是我一掌拍掉了那把愚蠢的锁,逃了出来。因为我了解人类的一些手段,所以我在丛林中比谢可汗还可怕,是不是?"

"是!"莫格里说,"丛林里所有的动物都怕巴希拉——除了莫格里。"

"啊,毕竟你是人类的孩子。"黑豹慈爱地说,"就像我回到了丛林,你最终也会回到人类世界去的,回到你真正的兄弟那儿去——如果你能在狼族会议上活下来。"

"但是,为什么——他们为什么要杀了我?"莫格里问。

"看着我,"巴希拉说。莫格里紧盯着他的眼睛。半分钟后,这只大黑豹就忍不住偏过头去。

"这就是原因,"他挪了挪踩在树叶上的爪子,"就连我都没法盯着你的眼睛看。我出生在人群中间,我爱你,小兄弟。可其他动物都恨你,因为他们不敢直视你;因为你有智慧；因为你帮他们从脚上挑刺——因为你是个人。"

"我可搞不懂这些事。"莫格里皱了皱又黑又浓的眉毛，闷闷不乐地说。

"丛林法则怎么说的来着？先攻击，后说话。因为你太不小心，他们知道你是人了。你可要机灵点哪。我觉得阿克拉下次要是再捕不到猎物——现在他每次按住公鹿都要费更大的力气——狼群就会开始反对阿克拉，进而攻击你。他们会在岩石上开狼族会议，到那时——到那时——我想到了一个办法！"巴希拉跳起来说，"你快点去山谷里人类的那座小屋，拿一点他们种在门前的红花。这样的话，如果那一天真的到来，它会是比我、巴鲁或者狼群中爱你的狼们更强大的朋友。快去拿红花！"

巴希拉口中的红花其实就是火，丛林里没有动物敢说出"火"这个名字。野兽们都特别害怕火，于是发明了一百种描述它的方式。

"红花？"莫格里说，"黄昏时候他们种在屋门前的那个啊。我去拿点来。""这才是人崽子说的话，"巴希拉骄傲地说，"记得是种在小盆里的那种。快点拿一个回来，保存在身边，以备不时之需。"

"好！"莫格里说，"我这就去。不过，我的巴希拉，你确定吗？"他伸出胳膊，环抱住巴希拉光滑漂亮的脖子，凝视着巴希拉的眼睛问，"你确定这都是谢可汗在搞鬼？"

"凭挣脱的枷锁起誓，我确信，小兄弟。"

"既然这样，我以买下我的公牛起誓，我一定会让谢可汗为此付出代价，而且还要他付出比公牛更多的代价呢！"莫格里说着，蹦蹦跳跳地离开了。

"这才是人类。他终于长大成人了。"巴希拉自言自语着，又躺了下来，"谢可汗啊，可再没有什么比你十年前捕猎莫格里更不吉利的了！"

莫格里穿过森林，跑得越来越远。他一路狂奔，心怦怦直跳。傍晚云雾升腾时，他来到了洞穴，深吸一口气，朝山谷下看去。狼崽子们都出去了，狼妈妈在洞穴里。从他的呼吸，狼妈妈就听出有什么事正困扰着她的小青蛙。

"儿子，怎么了？"她问。

"我听说了谢可汗说的那些蠢话。"他回答道，"我今晚要去耕地那儿打猎。"他向下跳进灌木丛，奔向谷底的小溪。他在那儿停了一下，因为他听到了狼群捕猎的声音。被捕的黑鹿吼叫着，发出被逼入绝境的哀嚎。随后传来了其他狼不怀好意的低吼："阿克拉！阿克拉！孤狼展示一下力量吧。都给狼族领袖腾个位置！跳起来，阿克拉！"

孤狼肯定是跳起来了，却没捕到猎物，因为莫格里听到他的牙齿咔嚓一声，随后又听到他被黑鹿用前腿踢翻在地，发出痛苦的嚎叫。

莫格里不再迟疑，向村民居住的农田狂奔而去，身后的喊叫声越来越微弱。

"巴希拉说得对，"他在农舍窗户外一堆牛群饲料上躺了下来，气喘吁吁地说，"对于阿克拉和我来说，明天是很重要的一天。"

然后，他紧贴窗户，观察炉子里的火。夜里，他看见农妇起身，往火里加黑块。黎明到来时，晨雾升腾，白蒙蒙一片。透着寒气，他看见农夫的小孩拿起里面糊了泥的柳条筐，往里放了块烧得通红的炭块，然后把它放到毯子下面，就去牛棚喂牛了。

"就这样弄？"莫格里说，"如果一个小孩子都能做，那也没什么可怕的。"他大步走到角落,从小男孩手里抢过火罐,消失在晨雾中。男孩吓得大哭。

"他们还真的跟我挺像的,"莫格里边说边往罐子里吹气,昨天他见农妇就是这么做的,"如果我不喂它,这个东西就会饿死。"他往这团红红的东西里放树枝、干树皮。上到半山腰,他遇见了巴希拉,他毛发上闪耀的晨露像月亮宝石。

"阿克拉失手了,"黑豹巴希拉说,"他们昨晚就想杀了他,可他们想连你也一起杀了。他们正在山上到处找你呢。"

"昨晚我在农田。我准备好了,看!"莫格里举着火罐说。

"好!我见人类把干树枝放到那团东西里,然后这种红花就盛开了。你不害怕吗?"

"不怕。我为什么要害怕?我现在还记得,如果那不是梦的话,我记得在成为狼之前,我曾经躺在这种红花旁,很暖和、很舒服。"

那一整天,莫格里就坐在洞穴那儿照料着他的火罐,把干树枝放进去,看着它们燃烧。他找到了比较满意的树枝。晚上,塔巴奎来了洞穴,特别粗鲁地告诉他,狼群要他去议会岩。莫格里哈哈大笑，吓跑了塔巴奎。随后，莫格里就大笑着去了议会岩。

孤狼王阿克拉在岩石一侧躺着，那象征着狼族首领的位置空了出来，谢可汗和他那些吃剩饭的狼随从在附近兜来兜去，一副志得意满的样子。巴希拉挨着莫格里躺着，火罐就在莫格里两膝间。等他们都聚齐了，谢可汗发话了——阿克拉掌权的时候，他是绝不敢这么做的。

"他无权在这儿发言，"巴希拉低声说，"你就这样说，他就是个狗崽子，他会被吓到的。"

莫格里跳了出来，大喊道："自由狼族们，我们的首领是谢可汗吗？这只老虎和我们选首领有关系吗？"

"鉴于首领空置，我应邀发言——"谢可汗说。

"谁邀请你了？"莫格里说，"难道我们是豺狼，要巴结这个杀牛屠夫不成？选狼族首领是我们自己的事。"

"闭嘴，人崽子！"

"让他说，他是遵守丛林法则的。"

最后，狼族长者大声喝道："让死狼说！"如果狼族首领让猎物跑了，那他活着的时候也会被称为死狼，反正他也活不了多久了。

阿克拉疲惫地抬起脑袋,说:"自由狼族们,还有谢可汗手下的豺狼们,十二年来,我带领狼群四处捕猎,没让任何一只狼被困或受伤。现在,我丢掉了猎物。你们知道这背后的阴谋。你们自己知道,你们是如何设计让我捕杀一只野公鹿,好暴露我的缺点的。现在,你们有权把我杀死在这议会岩上。我要问,是谁要终结我这孤狼王的命?根据丛林法则,我有权让你们一个一个上。"

阿克拉说完,狼群陷入了沉默,因为没有狼敢把阿克拉打死。谢可汗吼道:"呸!我们干吗还管这个没牙的蠢货!他反正是要死的了!倒是这个人崽子活得太久了。自由狼族们,他一开始曾是我的猎物。把他交给我。我忍这个愚蠢的狼人太久了。他扰乱丛林十年了。把这个人崽子给我,否则我会一直在这儿打猎,不给你们留一根骨头。他是个人,是人类的崽子,我对他都恨到骨髓里了!"

超过一半的狼族成员都吵嚷道:"人类!人类!人类为什么要跟我们待在一起?让他回自己的地盘去!""然后让他引来整个村子的人对付我们?"谢可汗喊道,"不,把他交给我。他是个人,我们没人敢直视他的眼睛。"阿克拉再次抬起头,说:"他跟我们同吃同睡,为我们捕猎,他从没破坏过丛林法则。""另外,狼族接受他的时候,我还搭上了一头公牛。牛虽然不值几个钱,但巴希拉会为他的荣誉而战。"巴希拉平静克制地说。

"一头十年前的公牛!"狼群不满地吼道,"为什么我们还要记着十年前的一顿骨头?"

"那你们也不在乎许下的承诺?"巴希拉露出嘴唇下的白牙,"亏你们还说自己是自由狼族!"

"从来没有人崽子可以和丛林动物一起跑,"谢可汗吼道,"把他给我!"

"他是我们没有血缘的兄弟,"阿克拉继续说,"你们却要在这儿杀死他!说真的,我确实活不了多久了。你们中的有些现在开始吃起了牛,我还听说有的狼,在谢可汗的调教下,竟然趁天黑在村民家门口抓他们的小孩吃。从这些事我就能看出来,你们都是懦夫,我现在正对着一群懦夫说话。没错,我肯定会死,我的命也不值钱,不然为了这个人崽子,我会豁出这条老命。但为了狼族的荣誉——因为没了首领,你们肯定会忘了这件小事——如果你们让这个人崽子回到人类身边，我保证不会在死前用我的白牙针对谁。我会安静地死去，谁都不会碰。这至少能捡回三条狼命。再多我也做不了什么了。但如果你们真放了他，我就能让狼族免受杀死自己无辜兄弟的耻辱，而且你们这位兄弟，是有人为他说了话，按照丛林法则付了代价才买进狼群的。"

"他是个人——是个人——人！"狼族吼道。大多数狼开始聚集在谢可汗身后，尾巴蠢蠢欲动。

"现在就看你的了。"巴希拉对莫格里说，"除了直接上，我们没有别的办法了。"

莫格里站直身子，手里拿着火罐，伸展手臂，当着议会成员的面打了个哈欠。但其实他已经悲愤交加，怒不可遏，跟其他狼一样在气头上，因为这群狼从来没告诉过他——他们恨他。"你们给我听着！"他大喊道，"不用这条狗在这叽叽歪歪。今晚你们已经说了太多次我是人了（其实，我本可以至死都做狼，和你们在一起），我也感受到了我们的不同。我也不再把你们当兄弟了，而是像人一样，把你们当成狗崽子。你们要干什么，不要干什么，都不是你们说了算了。这事要取决于我了。或许我们可以把事情变得更简单更清楚，我，一个人，带来了一点你们狗崽子最怕的红花。"

他把火罐扔到地上，一些烧红的炭迸出来，点燃了一簇干苔藓，火苗蹿了起来，议会成员们惊恐地往后退。

莫格里把枯枝插进火堆，树枝被点燃了，噼啪作响。他在头顶挥舞着树枝，恐吓畏缩的狼群。

"现在是你的主场了，"巴希拉小声说，"救救阿克拉的命吧。他一直都是你的朋友。"

阿克拉，这只严肃冷酷的老狼，一生中从没求过谁，此刻却可怜巴巴地望了一眼莫格里。这男孩光着身子，长长的黑发甩在肩后，在树枝燃烧发出的火光映照下，他的身影跳跃颤动着。

"好！"莫格里缓慢地环视周围，"我看透你们这些狗崽子了。我会离开你们，回到我自己的族群——如果人类算是我的族群的话。丛林之门已经向我关闭，我必须忘了你们的话和你们的陪伴，但我一定会比你们更仁慈。除了血缘不同，我还是你们的兄弟。我保证，等我回到人群，我不会像你们背叛我一样背叛你们。"他一脚踢翻了火罐，火星四溅，"我和狼

丛林之书

族之间不会发生任何战争。但在我走之前,还有一份债要算清。"他大跨步走到对着火焰呆呆眨眼的谢可汗面前,一把抓住他下巴的那撮胡须。巴希拉跟在后面,以防万一。"起来,狗崽子!"莫格里吼道,"人在说话的时候,要给我站起来好好听着,否则我烧了你的毛!"

谢可汗吓得耳朵平贴在脑袋上,眼睛紧闭着,因为燃烧的火把近在咫尺。

"这个捕牛的家伙说要在会议上杀了我,因为我小的时候他没能杀成。我打,我打,打,我们人类确实是会这样打狗的。你再动一下胡子,瘸腿的东西,我就把红花塞到你喉咙里!"他用树枝打着谢可汗的头,谢可汗恐惧地呜咽哀嚎。

"呸!烧焦的丛林老猫——滚吧!你记住,下次我再来议会岩,作为一个人来的时候,我会头披谢可汗的皮。至于阿克拉,就如他所愿,让他自由行动。你们不能杀他,因为我不允许。我也不准你们再坐在这里,伸着舌头,好像是什么了不起的东西,而不是我要赶走的狗崽子似的——还不快给我滚!"树枝一头的火焰猛烈地烧着,莫格里画着圈子,左右挥舞。火星烧到了狼群的毛,他们嚎叫着跑了。最后只剩下阿克拉、巴希拉，可能还有十只站在莫格里这边的狼。忽然，莫格里觉得心里有什么东西刺痛了他。之前，他从未有过这种感受。他屏住呼吸，抽噎着，啜泣着，泪珠顺着脸颊滚落。

"这是什么？这是什么？"他问，"我不想离开丛林，我不知道这是什么东西。我是要死了吗，巴希拉？"

"不，小兄弟。这只是人类常流的眼泪而已。"巴希拉说，"现在，我知道你已经长成大人了，不再是小孩了。自此以后，丛林大门确实要对你关闭了。就让它流吧，莫格里，不过是眼泪而已。"莫格里席地而坐，号啕大哭，好像心要碎了一样。他之前从来没有这样哭过。

"现在，"他说，"我要回到人类身边去了。但是，我得先和我妈妈告别。"随后，他去了狼妈妈和狼爸爸住的洞穴，伏在狼妈妈身上哭，四只小狼崽也呜呜悲鸣。"你们不会把我忘了吧？"莫格里问。"只要我们还能找到你的踪迹，就不会忘了你。"狼崽们说，"你成人以后要来山脚下，我们就能和你聊聊天；我们也会在夜里去农田找你玩的。"

"早点回来看我们！"狼爸爸说，"聪明的小青蛙啊，快点回来；因为你妈妈和我，要老了。"

"早点回来，"狼妈妈说，"我光溜溜的儿子。你记着，我爱你这个人崽子胜过爱我自己的孩子。"

"我肯定会回来的。"莫格里说，"而且，我再回来的时候，一定会把谢可汗的皮扒了，披在议会岩上。别忘了我！告诉丛林伙伴们，永远别忘了我！"

天将破晓，莫格里独自下了山。他要去见那些被称为人类的神秘动物了。

塞昂山狼族狩猎之歌

天将破晓，鹿鸣呦呦，

一声、两声不停叫！

一只母鹿蹦蹦跳，一只母鹿蹦蹦跳，

林中池塘边，野鹿呷起水，

只有我一个，独自侦察到。

一声、两声不停叫！

天将破晓，鹿鸣呦呦，

一声、两声不停叫！

一只狼偷偷往回跑,一只狼偷偷往回跑,

给等待的族群带了话,

让我们循着它的痕迹,搜索、寻找、长嗥,

一声、两声不停叫!

天将破晓狼群嗥,

一声、两声不停叫!

留在丛林的脚印全抹掉!

眼睛能穿透黑暗! ——黑暗!

舌头——伸出来准备好!听!噢!留神听!

一声、两声不停叫!

卡奥捕猎

斑点让豹子骄傲，犄角让水牛自豪。

擦干净皮毛，猎人的力量，看他带的兽皮就知道。

如果你发现水牛可以撞翻你，浓眉的黑鹿可以顶伤你；

不必停下手里的活儿告诉我们：我们十年前就知晓。

不要欺负不认识的幼小伙伴，而要当作兄弟姐妹热情对待，

因为如果他们矮小胖嘟嘟，那可能是熊妈妈的宝宝。

"没人比我更厉害！"第一次捕猎的小崽子很骄傲；

但丛林很大，幼崽很小。

要让他静静，好好思考。

——巴鲁的格言

接下来我们要讲的故事，发生在莫格里被赶出塞昂山狼群之前，或者说是他向老虎谢可汗复仇之前。那段时间，巴鲁在教他丛林法则。这只大棕熊又老又严肃，不过却很高兴能有这么个机灵的学生。因为小狼崽们以往都只需要学对他们族群

有用的丛林法则就够了，或者背会狩猎诗篇就很快跑掉了——"脚步悄无声；眼能穿黑暗；耳听穴中声，牙齿白又尖。记清此标志，皆为我兄弟。唯二者例外，豺狼塔巴奎，鬣狗惹人恨。"可莫格里是个人崽子，他要学的比小狼崽们多得多。有时候，黑豹巴希拉会在丛林里闲逛，看看他的小宝贝学习进展得怎么样了。在向巴鲁背诵一天的学习内容时，莫格里会头靠着树，发出满意的呜呜声。这个小男孩爬树和游泳一样好，游泳和跑步一样快。巴鲁不仅教授他丛林法则，也教他树林法则和水下法则。如何区分腐烂的树干和健康的树干；在离地十五米的高度碰到蜂巢时，该怎么彬彬有礼地跟野蜂搭话；白天打扰到在树枝上休息的蝙蝠曼格时该说些什么；跳进水塘之前怎么跟水蛇打好招呼。丛林居民都不喜欢被打扰，随时准备着攻击入侵者。莫格里还学了外来猎手打招呼的口令。每当丛林居民到自己的领地外捕猎、活动时，一定要重复说这个口令，直到听到对方应答。口令的意思是："请允许我在此捕猎吧，因为我很饿。"回答是："那就捕吧，但不能以此为乐。"

　　这么多内容莫格里都要背会。他已经厌倦了重复上百次同样的东西。但是，就像巴鲁对巴希拉说的，"人类的孩子是人，必须学会所有的丛林法则。"有一次，莫格里因为不想学习，结果挨了一巴掌，赌气跑了。

"可我一想，他还小呢！"黑豹巴希拉说。莫格里每次使性子，巴希拉都惯着他。"这么一个小脑袋怎么能记得住这么多长篇大论呢？"

"在丛林里，难道会因为年纪小就能免于被杀吗？不会吧？所以我得教会他这些，每次他背不出，我就要轻轻地打他。"

"轻轻地打他？你下手知道轻重吗？你这个老家伙，手脚重得跟铁块似的。"巴希拉嘟哝道，"他的脸今天一整天都有瘀青——就因为你轻轻地打了他。呸！"

"我宁可把他从头到脚打得瘀青，也比他因为无知而受伤要好。"巴鲁非常认真地回答，"我现在教他丛林生存的绝招，可以让他免受鸟、蛇和其他野兽的伤害。当然，他自己的族群除外。如果他能记住这些口令，他就能在整个丛林中寻求庇护。为了让他记住这些，打他几下又算得了什么呢？"

"行吧，那你也得小心，别把这个人崽子给打死了。他可不是树干，让你来磨利你那钝爪子的。不过，口令是什么？我一般都是帮人，而不是求别人帮忙。"巴希拉伸出一只爪子,得意地看着自己那像凿子一样的铁青色利爪,"不过,我还挺想知道口令内容的。"

"我叫莫格里来,如果他愿意,应该能背出来。过来,小兄弟!"

"我的脑袋现在还像长了蜂巢的树一样嗡嗡直响呢。"他们头顶上传来了莫格里闷闷不乐的声音。他没好气地沿着树干滑下来,到地上又接着抱怨:"我可是为巴希拉念的,不是为了你,老巴鲁,胖巴鲁!"

"随你怎么说,"巴鲁尽管有点伤心,却仍坚持说,"告诉巴希拉,我今天教你的丛林口令是什么。"

"针对谁的口令?"莫格里很高兴可以炫耀一番,"丛林里有许多种语言,我都会。"

"你是知道一点,不过也不算多。看吧,巴希拉,学生永远也不知道感恩老师。从来没有一只小狼崽回来感谢过老巴鲁。那你说一下针对捕猎兽族的口令吧,大学者!"

"我们有同一血脉,你和我。"莫格里用那种捕猎者都会用的熊腔说道。

"不错。接下来说对鸟族的。"莫格里重复了一遍口令,然后加上了一声鸢鸣。"现在轮到蛇族了。"巴希拉说。莫格里惟妙惟肖地模仿了难以描述的咝咝声。模仿完后,他高兴得又是踢脚,又是鼓掌表扬自己,还跳上巴希拉的背,侧坐着,一边用脚后跟拍打巴希拉光滑的皮毛,一边冲巴鲁做鬼脸——他能想到的最丑的鬼脸。

"看吧看吧!这点瘀青还是值得的。"棕熊巴鲁慈爱地说,"总有一天,你会感激我的。"随后,他转过头去,告诉巴希拉他是怎么从野象哈迪那里学到口令的。哈迪是个万事通,因为巴鲁不会模仿水蛇的语言,哈迪就带莫格里去池塘学蛇语。他还说,照理现在莫格里在丛林里应该是绝对安全了,因为不管是蛇、鸟还是其他野兽,都不会伤害他。

"谁都不用怕了。"巴鲁总结道,满意地拍拍自己毛茸茸的大肚子。

"除了他自己的族群。"巴希拉压低声音说,然后又大声对莫格里喊道,"小心别伤着我的肋骨,小兄弟!你这跳上跳下的,干什么呢?"

莫格里想让他听自己说话,就揪住巴希拉肩膀上的毛,狠狠地踢他。等他们俩听他讲话时,莫格里扯着嗓门喊道:"所以我也要有自己的部落，每天带着他们在树枝上荡来荡去。"

"小梦想家，这又是什么新鲜的白日梦啊？"巴希拉说。

"对，我还要向老巴鲁扔树枝和脏东西，"莫格里继续说，"他们答应我了，哼！"

"呼——"巴鲁伸出大手，一掌把莫格里从巴希拉的背上抡了下来。这个小男孩倒在两只大前爪中间，他看得出来，大熊生气了。

"莫格里，"巴鲁说，"你竟然和那些猴民一起玩！"

莫格里看了看巴希拉，想看豹子是不是也生气了。他发现巴希拉的眼神像块玉石，又冷又硬。

"你居然跟猴民一起玩！那些灰猿，那些没有法则约束、什么东西都吃的家伙！真丢人！"

"巴鲁打伤我脑袋的时候，"莫格里仍然仰面躺在地上，"我跑开了。那些灰猿从树上下来安慰我，除了他们，谁都没来关心我！"说着说着，他竟抽噎起来。

"猴民还会关心人？"巴鲁气得直哼哼，"要是猴民也会关心人，那山涧小溪都不会流动了！夏天的太阳也不热了！还有呢，人崽子？"

"还有,还有,他们给我坚果和其他好吃的。他们……他们还用胳膊把我揽到树顶上,说我除了没有尾巴,分明就是他们的亲兄弟,而且早晚有一天会成为他们的首领的。"

"他们没有首领,"巴希拉说,"他们撒谎。他们从不说真话。"

"他们挺好的,跟我道别时还邀请我再去。我为什么没被带到猴族去?他们也像我一样双脚站立,而且从不用手掌使劲打我。他们整天都在玩。让我起来!坏巴鲁,让我起来!我还想跟他们玩。"

"听着,人崽子,"棕熊的声音大得好像闷热夜晚的轰隆惊雷,"丛林里所有居民的法则我都教给你了,唯独住在树上的猴民例外。因为他们没有法则,他们是被丛林驱逐出去的一族。因为没有自己的语言,他们只会在树枝上偷听、偷看,等着别的族群说话,然后偷学他们的只言片语。我们可不能像他们似的。猴民没有首领,因为他们没有记忆。他们只会吹嘘、嚼舌头,假装很厉害,好像要在丛林里做一番大事似的。但如果恰巧有坚果从树上掉下来,他们的注意力马上就转移了。一阵哈哈大笑之后,刚刚那些伟大的想法全都抛到脑后了。其他丛林居民从不和他们打交道，也不在他们出没的地方活动，不管是他们喝水还是打猎的地方；甚至连死都不想跟他们死在一处。除了今天，你听我提过猴民吗？"

"没有。"莫格里小声说。巴鲁不说话了，整个丛林瞬间安静下来。

"所有丛林居民都不猎猴，当然也不把他们当回事放在心上。他们数量多，邪恶肮脏又无耻。他们的愿望，如果他们真有一个持续时间长一点的愿望的话，就是吸引丛林居民的注意。但是，就算他们扔坚果和脏东西到我们头上，我们也懒得看他们一眼。"

就在巴鲁说话的当儿，高处的细树枝间传来猴民生气的尖叫声和跳跃声；伴随着一阵骚动，树上砸下来一堆坚果和小树枝。"丛林居民不被允许与猴民打交道，"巴鲁说，"不允许！记住了吗？""不允许！"巴希拉说，"巴鲁，怎么没提前给他说呢？""我？我怎么能想到他会和那些脏东西一起玩。猴民！呸！"又是一堆东西像雨点似的砸了下来。巴希拉和巴鲁赶紧带着莫格里跑开了。巴鲁刚才对猴民的描述完全正确。猴民在树上生活，其他野兽很少抬头向上看，所以猴民和丛林居民少有交集。但是，一旦猴子们发现了一只受伤的狼、老虎或者熊，猴子们就会折磨这些伤员，还会朝野兽们扔小树枝、坚果，就图个傻乐或者希望引起注意。他们还会乱尖叫，唱一些没有什么意义的歌，邀请丛林居民爬上树和他们打架，或者在自己族群内部没来由地滋事斗殴，然后把死猴子放到丛林居民能注意到的地方。他们总是差一点就可以选出个首领，制定法则和规矩，但从来都是功亏一篑，因为他们的记忆维持不了多久。所以，为了自我安慰，他们编了一句格言："猴族的今日所思，丛林明天才能想到。"这话的确让他们宽慰不少。没有野兽能接近他们，从另一个角度来看，也就是没有野兽会注意到他们。所以，他们看到莫格里愿意跟他们一起玩，特别开心，又听说巴鲁特别生气之后，他们更高兴了。

他们从来没有什么长远打算——猴民从不做什么打算；但这一次，一只猴子提出了一个自以为绝妙的好点子，他告诉其他猴子，把莫格里留在部落里可能有用，因为他能把柳条编起来挡风；所以，如果他们抓住了他，就可以让他教会猴民编柳条。当然了，莫格里是樵夫的孩子，生来就有做这种手工活的天赋。他常常无意间就能把掉落的树枝做成小房子，自己都没意识到就做成了。猴子们在树上边看边啧啧称奇。他们说,这次如果真的有了首领,他们就会变成丛林里最聪明的族群,其他丛林居民都会注意到他们并羡慕他们。所以,他们悄悄跟着巴鲁、巴希拉和莫格里穿越丛林。午睡时,莫格里睡在黑豹和棕熊之间。听了巴鲁一番话,莫格里心里觉得很羞愧,下定决心不再和猴族来往。

睡梦中,他感觉有小手使劲抓住他的胳膊腿,然后有树枝扫过他的脸。再然后,他透过摇晃的大树枝往下一看,发现巴鲁正低吼着要叫醒整个丛林,而巴希拉正龇着牙,踩着树干往上跳。猴子们发出胜利的尖叫声,乱哄哄地往更高处的树枝上蹿。巴希拉不敢跟上来。猴子们大喊道:"他注意到我们了!巴希拉注意到我们了。所有丛林居民都仰慕我们的本事和聪明才智。"他们开始在树枝间飞一般地穿行。他们在树枝间穿行如履平地,速度之快让人难以描述。猴群在树上有自己的交通路线,有常走的大路、十字路口、上坡、下坡,都是在距离地面十五、二十、三十米的高处。如有必要,他们甚至也可以在夜间行进自如。两只最强壮的猴子拽着莫格里的胳膊,从一根树枝荡到另一根,一跃就是六米。如果不是带着莫格里，他们的速度能比这快上一倍。虽然莫格里感觉头晕目眩，但还是不由自主地很享受这种飞驰的感觉。不过，当他往下一瞥，那离地的高度还是把他吓得够呛。每次在无所依托的空中从一处荡到另一处时，猛然一停一拽都让他的心提到了嗓子眼。他的猴护卫们把他架到树顶端，直到他感觉树顶那些最细的树枝在身下嘎吱断裂了。然后，伴随着一声咳嗽或尖叫，他们会向外、向下摆荡跃入空中，用手或脚挂住下一棵树上较低的树枝。有时候，莫格里看见寂静安然、郁郁葱葱的丛林在自己身下绵延数公里，感觉自己好像站在桅杆顶端的人，能够看到数公里以外的大海。树枝和树叶刮打着他的脸，他和两个护卫又差点坠到地上。就这样，整个猴群挟持着莫格里，在树上跳跃翻腾、尖叫大喊。

有段时间他特别害怕会掉下去。他有些生气，但他提醒自己最好还是别乱动，就开始想办法。首先，得给巴鲁和巴希拉捎个信。因为按照猴子们的速度，他的朋友肯定会落在后面的。往下看也没什么用，树枝挡住了视线，他只能往上看。鸢鹰瑞恩在远处的蓝天上盘旋。瑞恩一直在丛林上空观察，看有没有什么死掉的东西可以吃。瑞恩看到猴子们携着什么东西，就飞下来几百米，看看那玩意儿能不能吃。但是，当他看清是莫格里在树顶上被拖着跑时，他吃惊地叫出了声。他听见莫格里给他发出的求救信号："我们有同一血脉，你和我。"树枝一浪接一浪，小男孩时隐时现。瑞恩高低盘旋地飞着，最后总算抢在下一棵大树遮挡视线之前，看见了这个棕皮肤小男孩的脸。"标记我的路线！"莫格里喊道，"帮我捎信给塞昂山议会岩上的巴鲁和巴希拉！""我怎么告诉他们你是谁，小兄弟？"瑞恩从没见过莫格里，不过他肯定听说过这个人崽子。"莫格里，青蛙莫格里。他们叫我人崽子！标记我的路线！"最后几个词模模糊糊变成了尖叫，因为莫格里在空中又被荡到了另一棵树上。瑞恩点点头，往高处飞去。再往下看时，莫格里已经变得像一粒尘埃那么小了。瑞恩在高空用望远镜一般敏锐的眼睛观察着晃动的树顶，记录下莫格里的护卫们旋转前进的路线。

"他们从来都走不远，"他窃笑道，"他们从不能按照计划行事。猴子玩什么东西都是三分钟热度。这次，如果我没看错的话，他们可是惹上麻烦了，因为巴鲁可不是什么小熊。就我所知，巴希拉捕猎的对象可不仅仅是山羊。"

他晃动了几下翅膀，收紧爪子，等待着。

此刻，巴鲁和巴希拉正着急上火，又气又悲。巴希拉从来没有那么奋力地向上爬过，可那些细树枝支撑不了他的体重，都断掉了。他滑落到地上，爪子上满是刮下来的树皮。

"你为什么不让莫格里警惕一下猴子？"他对着可怜的巴鲁大吼。巴鲁笨拙地跑着，希望能追上猴子们。"你不警告他，光把他打个半死，有什么用？"

"快点！快点！我们——我们或许能赶上！"巴鲁喘着粗气。

"就照这个速度吗！受伤的黄牛都比你跑得快。丛林法则老师，光会打小孩的笨熊，这样来回转圈跑个一点五公里就能把你累开花。坐下想想吧！想想怎么办。没工夫追了。如果我们跟得太紧，猴子们可能会恼羞成怒，把他扔下来的。"

"啊呀！呜呜！他们可能已经觉得太累，把他扔下来了。谁知道猴民会不会这么干？往我头上扔死蝙蝠吧！给我黑骨头吃！把我丢进野蜂巢被蜇死，然后再把我和鬣狗埋在一起好了！我真是天底下最悲惨的熊了！啊呀！呜呜！莫格里！莫格里！我为什么只知道打你的头，忘记让你警惕猴族了呢？我可能把他一天学会的东西都给打出来了。如果没有口令，他在丛林里可就是孤身一人了。"

巴鲁不敢再往下说了。他用大手掌盖住了自己的耳朵，抱头在地上滚来滚去，不停地埋怨自己。

"至少，他不久前还给我们背了一遍那些口令，"巴希拉不耐烦地说，"巴鲁，你就算记性不好也要点面子吧。如果我，黑豹巴希拉，像豪猪伊基似的，在地上缩成一团、号啕大哭，这让丛林居民怎么看我？"

"我才不管他们怎么想呢！莫格里现在可能都死了。"

"除非他们图乐子把他从树上抛下来，或者闲着无聊把他杀了，我倒是不担心这个人崽子。他很聪明，又学过一些东西。最重要的是，他有一双丛林居民都害怕的眼睛。只是恰恰不巧，是那群坏猴子把他给抓走了。猴子们因为住在树上，谁都不怕。"巴希拉若有所思，无奈地舔了舔前爪。

"我真傻！我这个又胖又蠢，只会刨树根的笨蛋！"巴鲁说着，一骨碌爬起来，"野象哈迪说得对，'一物降一物'，猴子怕岩蟒卡奥。他也会爬树，还会在夜里偷小猴。只要提起卡奥的名字，就能把这些坏猴子吓得尾巴冒凉风。

丛林之书

走，我们去找卡奥。"

"他会帮我们吗？他毕竟不是我们部落的。他没脚，眼神还那么邪恶。"巴希拉说。

"他阅历丰富，足智多谋。再说了，他有个总也填不饱的肚子，"巴鲁抱着一丝希望，"我们可以答应给他很多羊吃。"

"他吃饱后，能睡上整整一个月。可能他现在正睡觉呢。如果他没醒或者宁愿自己捕猎，怎么办？"巴希拉不了解卡奥，自然顾虑重重。

"要是这样，咱俩一起去，老猎手出马，管保让他答应。"巴鲁说着，用浅棕色的肩膀顶了顶豹子。于是，他们出发去找岩蟒卡奥了。

他们在一块晒得很暖和的岩架上找到了卡奥，他正晒着午后的太阳，舒展着身体，欣赏自己刚换上的新衣。过去十天，他就在这个僻静的地方蜕皮。现在换了新衣，看起来很漂亮。他沿着地面移动着钝鼻大脑袋，把十米长的身体盘成各种奇形怪状的结或者曲线，舔着嘴唇想象着下一顿美餐。

"他还没吃饭。"巴鲁一见到卡奥布满棕黄斑点的漂亮新衣,就如释重负地说,"当心,巴希拉!他每次换完皮视力都不太好,很容易发动袭击。"

卡奥是一条无毒蛇。其实,他很瞧不起那些毒蛇,觉得他们是懦夫。虽然卡奥无毒,但身体缠绕的本事极强。谁一旦被他缠住,就可能会没命的。"狩猎愉快!"巴鲁坐在一旁喊道。蛇的听力都不太好,卡奥还有点聋,一开始没听到巴鲁的话。后来才听见动静,于是蜷起身,低下头来随时准备攻击。

"大家狩猎愉快。"他答道,"是你呀,巴鲁,你到这儿干什么?狩猎愉快,巴希拉。大家都有点饿了吧?附近有什么猎物吗?母鹿,还是一头小公鹿?我已经饿得跟口枯井似的了。"

"我们正在捕猎。"巴鲁假装悠闲地说。他知道,卡奥是催不得的,行动特别慢。

"带上我吧,"卡奥说,"你们少捕一次猎不算什么。巴希拉、巴鲁,但是我就得在树上一连等上好几天,或者爬半个晚上,才能碰巧逮住一只猴子。唉!那些树枝也不结实了,跟我年轻那会儿不一样了,要么腐烂,要么干枯,容易断。"

"或许跟你的体重也有关系吧,毕竟你的个头不小。"

巴鲁说。

"只是中等体形。"卡奥听了棕熊的话,心里有点骄傲,"其实还得怪这些新长出来的树。记得上次猎捕时,尾巴在树上没缠太紧,我差点,真的是差点就摔下来了。结果滑下来的动静把猴民吵醒了。那些猴子用最难听的话骂我。"

"没脚的黄蚯蚓。"巴希拉低声说,看起来好像在回忆什么事。

"嘶嘶!他们是这样骂我的?"卡奥愤怒地问。

"大概就是这样,上个月他们就对我们喊这种话,不过我们从不理猴子。他们什么话都说,还说你的牙全掉光了,见到比小羊羔大点的东西都怕,因为(他们确实无耻,这些臭猴子)——因为你害怕公羊的犄角。"巴希拉用温和的语调接着补充。

蛇,尤其是像卡奥这样机警的老岩蟒,极少表露出自己的愤怒,但这一次,巴鲁和巴希拉却看见卡奥发怒了,他喉咙两侧的大吞咽肌激烈地上下起伏着。

"猴民转移领地了。"他佯装平静地说,"今天我出来晒太阳的时候,听见他们在树顶乱叫。"

"我们跟踪的正是这些猴——猴民。"巴鲁感觉这个词好像粘在喉咙里了。因为在他的记忆中,从来没有丛林居民对猴子的行踪感兴趣。

"两位猎手——我想两位一定都是各自丛林区域的首领——都出动了,一定发生了什么大事。"卡奥礼貌谦恭地问,心里充满了好奇。

"其实,"巴鲁说,"我只不过是塞昂山教狼崽子们丛林法则的老师,我老了,有时也糊涂,而这位巴希拉——"

"巴希拉就是巴希拉。"黑豹啪地合上嘴,因为他觉得装作谦卑的套路对卡奥没有用,"事情是这样的,卡奥。那些偷坚果、采棕榈叶的猴民劫持了我们的人崽子,你可能听说过他。"

"我倒是听伊基(豪猪身上的刺让他看起来很冷傲)提过,说有一个人类模样的孩子进了狼族,但我不信。伊基的话多半都是道听途说,没什么根据。"

"但这是真的。从来都没有这样的人崽子。"巴鲁说,"他是最优秀、最聪明、最勇敢的人崽子——他是我的学生,他以后会让巴鲁名扬所有丛林的。而且我——我们——都很爱他,卡奥。"

"啧!啧!"卡奥晃着脑袋往前来回爬,"我也知道爱是什么。我听过好些故事——"

"那我们得专门找一个晴朗的晚上,吃饱喝足了,好好聊一下这个值得赞美的话题。"巴希拉赶紧接过话茬,"不过,我们的人崽子现在还在猴子手里。我们知道,整个丛林里,他们只怕卡奥你一个。"

"他们只怕我,他们确实应该怕我。"卡奥说,"饶舌、愚蠢、虚荣——虚荣、愚蠢、饶舌的猴子们。话说回来,这个小崽子落在他们手里,确实不走运。他们有时玩腻了摘回来的坚果,就会直接扔到地上。本打算干些正经事,花半天时间扛回来用的树枝,无端地就被他们折成两半。人崽子的处境不妙啊。他们还叫我——'黄鱼'是吗?"

"蚯——蚯蚓,"巴希拉说,"还有其他不堪入耳的话,我都说不出口。"

"我们必须提醒他们,到底谁才是主子。啊哟!我们得让这些健忘的家伙记起来。现在,他们把这个娃娃带到哪儿去了?"

"怕是只有丛林知道吧。我猜是朝着日落的方向去了。"巴鲁说,"我们还以为你知道呢,卡奥。"

"我?我怎么会知道?我一般都是静等猎物自己送上门来。但我不会追捕猴子,或者青蛙,或者吃水池上那些浮沫之类的东西。"

"看上面!上面!看上面!上面!嗨!嗨!嗨!往上看,塞昂山狼群的巴鲁!"

巴鲁循着声音抬头望去,见鸢鹰瑞恩正俯冲下来,阳光在他上翘的翅尖闪耀着。已经到瑞恩睡觉的时间了,可他还在丛林上空盘旋着,寻找棕熊巴鲁。因为层层浓密树叶的遮蔽,差点没找到他。

"什么事?"巴鲁问。

"我看见莫格里和猴子们在一起。他托我带个信儿。我观察了他们的路线。猴子们带他穿过小河去猴城了,就是冷巢。他们可能在那儿待一晚,或者十晚,也可能只待一个小时。我已经告诉蝙蝠,让他们晚上盯着点。我就到这儿来报信了。祝大家捕猎愉快!"

"吃好睡好,瑞恩,"巴希拉大喊道,"我下次捕猎的时候一定记着你,单给你留点吃的,你是最好的鸢鹰!"

"没什么,没什么。这个小男孩会丛林口令。我必须得帮他。"瑞恩盘旋而上,回巢了。

"他没忘记我教他的口令,"巴鲁骄傲地笑道,"年纪这么小的娃娃,在树上被拖来拖去的时候还能记得对鸟类的口令!想想这是多聪明的小孩呀!"

"口令差不多刻进他脑袋里了,"巴希拉说,"我为他感到自豪。但是现在,我们必须得赶紧去冷巢。"

他们都知道那地方在哪儿,但是很少有丛林居民去。之所以叫它冷巢,是因为那儿本来是个废弃的城市,掩藏在丛林中。野兽很少在人类生活过的地方活动。野猪会去,但捕猎的部落从来不去。另外,冷巢是猴民的领地,像其他猴民聚居的地方一样,任何自尊自重的动物都不想靠近。除非在旱季,破败的水池子里积了一些水,才会有口渴的丛林居民过去喝上几口。

"就算我们全速赶路,也得跑半个晚上才能赶到。"巴希拉说。

旁边的巴鲁一脸严肃,忧心忡忡地说:"我会尽全力赶上的。"

"我们没法等你。尽力跟吧,巴鲁。我们得全速前进了——我和卡奥。"

"不管有脚没脚,我都能赶上你们长着四条腿的。"卡奥没好气地说。

巴鲁想跑快点,但体能有限,跑不多远就得坐下来喘口气。他们也只好让他跟在后面。巴希拉以猎豹的速度快速飞奔,卡奥则一言不发地紧随其后。不过,不管巴希拉跑得多快,这条大岩蟒都能和他并肩前进。穿过山间小溪时,巴希拉略占优势,因为他能一跃而过,而卡奥只能游过去,把头和半米长的脖子露出水面。不过,一到平地上,卡奥很快就追上来了。

夜幕降临,巴希拉说:"凭被我一掌打碎、还我自由的锁起誓,你跑得可真不慢!"

"我饿了,"卡奥说,"而且,他们还骂我是长斑的青蛙!"

"是蚯蚓,黄蚯蚓。"

"都一样!咱们接着赶路吧。"说着,卡奥专注地找最短的前进路线，然后像泼出去的水一样迅速游到前方去了。

冷巢这边，猴子们还沉浸在把莫格里带到迷失之城的喜悦中，压根儿没想到莫格里的朋友们会追上来。莫格里之前从未见过印度城市。虽然它差不多是一堆废墟了，但看起来依旧恢宏壮观。很久以前，一位印度王在小山丘上建了这座城。沿着石堤可以走到破败的大门处，生锈了的大门铰链上还残留着腐朽的木头碎片。树木四处伸展，有的已经穿透了城墙。城垛已经倾颓破败，野藤从塔楼的窗户悬垂下来，城墙墙面枝蔓丛生。

山顶矗立着一座大宫殿，屋顶已经不见了，庭院和喷泉池底的大理石也已开裂，表面红渍堆积，青苔斑斑。当年，国王的大象就生活在这里。现在，路上的鹅卵石已经被野草和小树顶得七零八碎。从宫殿上往下望，你能看见一排排没有屋顶的房子，那就是当年的城市，如今它们仿佛黑漆漆的空蜂巢；四路交会处的广场上，能看到一块烂得不成样的石头，那曾是昔日的一座神像；街角坑坑洼洼，那是以前的公用水井。庙宇的穹顶已经坍塌，野生无花果从周围生长出来。猴子们把这个地方称为他们的城市，以此鄙视丛林居民，因为丛林居民们都住在森林里。但猴子们其实根本不知道这些建筑的由来，也不知道怎么利用。他们只会围坐在国王从前的议会厅，互相抓虱子，假装成人类；或者在这个没有屋顶的大房子里跑进跑出，捡一些堆在角落里的灰泥和旧砖块藏起来，然后又忘记藏到哪儿去了，抱成团又打又嚎。过一会儿，他们又会跑到国王花园的露台上玩，摇晃玫瑰树和橘树，看花儿和果实掉下来。宫殿里所有的走廊、地道和几百个小黑屋子他们都去过，但他们从来不记得自己看见过什么、没见过什么，所以总是三三两两或者成群结队地到处乱窜，像人一样不停地跟对方讲述自己都干了些什么。他们在蓄水池里喝水时，总把水搅得浑浊不堪，然后又互相打斗。过了一会儿，他们又从四面八方聚在一处、拥作一团，高喊："丛林里没有谁比猴民更睿智、更优秀、更强壮、更聪明、更友善了。"然后，他们又开始一轮哄闹，慢慢厌烦城市以后又回到树上，希望丛林居民能注意到他们。

　　莫格里一直接受的是丛林法则的熏陶，既不喜欢也不理解这种生活。猴子们把他拖进冷巢时，已经快傍晚了。照往常来说，长途跋涉后莫格里是要睡上一觉的，可是现在，猴子们却手拉手来回跳舞,唱那些愚蠢的歌。其中一只猴子还发表演讲,告诉同伴们抓住莫格里是猴民历史上的里程碑,因为莫格里要教他们如何用棍子和藤条编制挡雨御寒的房子。

莫格里拾起一些藤蔓编了起来,猴子们也试着模仿。可没过几分钟,他们就失去了兴趣,开始揪同伴的尾巴或者四脚并用爬上跳下,还发出咳嗽声。

"我想吃东西。"莫格里说,"我对这一带丛林不熟悉。给我点吃的,或者让我在这儿打猎。"

二三十只猴子蹦蹦跳跳地走了,去给他采坚果和野木瓜。可是他们在半路打了起来,果子掉了一路。若把剩下的果子带回来呢,他们又觉得是麻烦事。见到猴子们空手而归,饥肠辘辘的莫格里又气又怒。他在空城里漫无目的地走着,不时重复地喊着"新猎手的狩猎口令",却听不到任何应答。莫格里觉得这地方真是糟糕透顶了。"巴鲁说得没错,"他心想,"这些猴子没有法律,没有狩猎口令,没有首领,什么都没有,只剩下愚蠢至极的笨嘴和小偷小摸的贼手。如果我在这儿饿死或者被杀,那是我活该,但我必须努力回到我的丛林。巴鲁肯定会揍我一顿,但比起跟猴民一起追无聊的玫瑰叶子，那还是好得多。"

他刚走到城墙那儿，猴子们就把他拽了回去，说他身在福中不知福，还掐他，让他表示感恩。莫格里咬紧牙关，什么也不说，跟着乱喊乱叫的猴子们来到一处露台。露台在红砂岩砌成的水库上方，水库里积了一半雨水。露台中央是座废弃的白色大理石别墅。别墅是当初为王后们造的，现在她们早已离世上百年了。别墅的拱顶已经半塌下来，堵住了王后们从宫殿到别墅的通道；墙壁上是大理石制的窗花格——美丽的乳白色精细浮雕，镶嵌着玛瑙、红玉髓、碧玉和天青石。当月亮从山后升起，月光映过窗花格，影子投在地面，看起来就像黑色的丝绒刺绣。莫格里身上酸痛，又困又饿，可是那群猴子还喋喋不休。他们二十只一组，轮番告诉莫格里他们有多么伟大、睿智、强壮、友善，而莫格里竟然还想离开他们，真是愚蠢至极。莫格里听了，忍不住大笑起来。"我们伟大。我们自由。我们了不起。我们是丛林中最了不起的居民！我们大家都这样说，那就一定没错！"他们喊道，"你是个新听众，现在可以把我们的话带回去，丛林居民以后就能注意到我们。我们要把猴族最杰出的故事告诉你。"看莫格里没提出什么异议，猴子们就成百成百地聚集在露台上，由他们的代表大唱猴民赞歌，一旦讲述者停下来喘口气，他们就一齐大声叫嚷："这是真的，我们说得没错。"莫格里点头眨眼，对猴子们抛来的问题一律回答"是"。他的脑袋嗡嗡的，全是猴子们的喊声。"他们肯定被豺狼塔巴奎咬过。"莫格里琢磨道，"所以现在他们都得了疯病。这肯定就是德瓦尼疯病。他们都不睡觉吗？现在乌云快要遮住太阳了。如果这云够大，我可能就趁暗逃跑了，可我现在太累了。"

城墙下面的废沟里，莫格里的两个好朋友也在看着这片云。巴希拉和卡奥深知猴民成群结队的威力，不想轻易冒险。猴子们只有在一百对一的绝对优势下才会开战。丛林居民都尽力避免这种敌众我寡的战斗。

"我到西墙去，"卡奥低声说，"那边的斜坡地势对我有利，我可以迅速滑下去，他们没法一齐扑到我背上，不过——"

"我知道，"巴希拉说，"如果巴鲁在就好了。但咱们等不了了，只能尽力而为。等那片云遮住月亮，我就到露台上去。他们好像在那儿讨论怎么处置小男孩。"

"狩猎愉快。"卡奥神情严峻地说，然后朝西墙滑去。不巧，那边的城墙保存得最完好，大蟒蛇花了好一会儿工夫才找到一条爬上去的路。云遮住了月亮，莫格里正在计划接下来怎么办，突然听到了巴希拉轻轻跳到天台上的声音。黑豹冲上斜坡，几乎没弄出一点声响。他知道撕咬纯粹是浪费时间，就左冲右突，猛攻围坐在莫格里身边的猴子。这些猴子把莫格里围了足有五六十圈。他们发出惊恐、愤怒的嚎叫，被打倒在地的猴子还来回翻滚，使劲踢着腿要把巴希拉绊倒。一只猴子喊道："就来了他一个！杀了他！上啊！"大群猴子一哄而上，围住巴希拉又咬又抓、连扯带拽，另外五六只则抓住莫格里，顺着别墅的墙把他拖到塌陷的拱顶上，从中间的窟窿推了下去。那拱顶离地面足有四五米高，要是换作人群里长大的男孩，肯定会摔得青一块紫一块，但莫格里照巴鲁教的法子，着地后竟毫发无损。

"待在这儿，"猴子们喊道，"等我们杀了你的朋友，再来跟你玩——如果那些毒蛇还能留你一条命的话。"

"我们有同一血脉，你和我。"莫格里赶紧说出了蛇族的口令。他听见周围垃圾堆里发出沙沙咝咝的声音，为保险起见，他就又喊了一遍口令。

"是这个口令！大家都解除戒备吧！"他听到五六个低沉的声音说（印度的每一处废墟迟早都会成为蛇的居所，这栋破旧的别墅里就住着许多眼镜蛇），"站着别动，小兄弟，别踩着我们。"

莫格里尽量一动不动地站着。他透过窗孔往外看，还听到黑豹周围传来激烈的打斗声，其间夹杂着猴子们的吱吱叫喊和来回乱窜的声音，还有巴希拉深沉沙哑的低吼。他时而后退躲避，时而弓背跃起，时而迂回闪避，时而直扑敌阵。自他出生以来，这是他第一次殊死搏杀。

"巴鲁肯定就在附近，巴希拉不会单独来的。"莫格里想。于是，他灵机一动，大声喊道："到水池去，巴希拉！滚到水池里。滚过去一跳就成！快去水里！"

巴希拉听见莫格里的喊声，知道他安然无恙，顿时勇气倍增。他一边竭尽全力，一边不动声色地慢慢朝水池的方向转移。这时，从最靠近丛林的断墙那边传来了巴鲁低沉的大吼。老熊已经尽力了，这已经是他最快的速度了。"巴希拉，"他喊道，"我来了！我正往上爬呢！快了！啊呼噢啦！脚下石头好滑！等我来解决你们，不要脸的猴子！"他气喘吁吁地跑上露台，立刻被淹没在潮水般扑上来的猴群中，只剩脑袋还露在外面。可是他挺直身子坐了起来，伸出前掌去搂猴子，能搂多少搂多少。然后，他两手像快速翻转的桨轮一样，噼噼啪啪把他们捆了个遍。莫格里听到扑通一声，接着是水花四溅的声音。他知道，巴希拉已经奋力跳进水中了，猴子们不敢再跟。黑豹在水里喘着粗气，头刚好露出水面。其他猴子只能站在三个红台阶开外，气得上蹿下跳。如果巴希拉出来帮巴鲁，猴子们势必立马从四面八方扑上来。只见巴希拉抬起还滴着水的下巴，绝望地喊出蛇族口令呼救："我们有同一血脉，你和我。"他以为卡奥在最紧要的关头临阵脱逃了。巴鲁在露台边缘被猴子们压得快窒息了，但第一次听到黑豹的求救，不禁暗自发笑。

卡奥刚从西墙爬上来，着地时扭了一下，把一块压顶石碰进了沟渠。他不想失去有利的地势，来回盘绕了两回身体，以确保他身体的每一寸关节都做好了战斗准备。与此同时，巴鲁与猴群的战斗仍在继续，猴子们围着池子冲巴希拉乱吼，蝙蝠曼格飞来飞去，把大战的消息传遍了丛林。野象哈迪闻讯也吼叫了起来。散落在偏远角落的猴民也都醒了,连忙从树上连蹦带跳赶来帮冷巢的同胞。打斗声把方圆几公里昼出夜伏的鸟都吵醒了。卡奥迅速向前猛奔,急于发动攻击。岩蟒绝杀的力量就在于头部的猛击,全身的力气和重量也都在这一击。你可以想象:近半吨重的一支长矛、一把攻城槌或者一柄铁锤,握在一个头脑清醒的人手中,会有何等威力,而卡奥的战斗力大概就是如此。一条一米多长的岩蟒如果正好击中人的胸部,足以直接把人砸倒。卡奥足有十米长。他的第一击瞄准的是围着巴鲁的那群猴子的心脏。只要一下,被击中的猴子还未来得及惊叫就已归西。猴子们见状四散奔逃,哭喊着:"卡奥!是卡奥!快跑!跑啊!"

卡奥的传说如此恐怖,世世代代的猴子一听到他的名字就吓得规规矩矩。猴族长辈说,卡奥是夜里偷盗的贼,他在树枝间滑行起来就跟苔藓生长一样悄然无声,曾经偷走过猴族里最强壮的猴子;老卡奥可以巧妙地伪装成枯枝或腐败的树桩,连最聪明的动物也会上当。对丛林猴族来说,卡奥就是恐惧之源,因为他们谁也不知道卡奥的力量究竟有多大,谁也不敢与他对视,谁也没有活着逃出过他的缠抱。猴子们吓得说不出话，惊慌失措地往墙上、屋顶上四处逃窜。巴鲁长舒一口气。他的毛比巴希拉厚得多，但经此一战也伤得不轻。这时，卡奥在这场战斗中第一次张开了嘴，发出一声长咝。瞬间，从远处赶来守卫冷巢的猴子都惊恐地待在原地，蜷缩成一团，身下不堪重负的枝条被压得噼啪直响。躲在墙上和空屋里的猴子也停止了哭喊，整个城市陷入一片静寂。莫格里听到巴希拉从水里爬出来，正甩着湿漉漉的身子。不一会儿，猴群又开始喧闹。有的蹿上高墙，有的紧抓住大石神像的脖子，有的沿着城堞边跑边叫。而莫格里则在别墅里手舞足蹈。他透过窗花格往外看，用前牙发出类似猫头鹰的嘘叫、嘲笑声，以此表达他的嘲笑与蔑视。

"把人崽子从陷阱里救出来吧，我快撑不住了。"巴希拉喘着气说，"救了人崽子就跑吧，他们也许还会发动进攻的。"

"我不下命令，他们不会动的。别动！"卡奥咝咝地说道。整个城市又陷入一片沉寂。"我已经尽快赶来了，兄弟，我好像听见了你的呼救口令。"这次是他在对巴希拉说话。

"我——我可能在战斗的时候无意间喊了一声吧。"巴希拉答道,"巴鲁,你受伤了吗?"

"我怀疑他们是不是把我扯成了一百只小熊。"巴鲁一边说一边担忧地检查每条腿,"呀!我浑身是伤!卡奥,我觉得我们欠了你的,我们的命——包括巴希拉和我,都是你给的。"

"不用谢。那个小人儿呢?"

"我在这儿,在陷阱里,我爬不出去。"莫格里喊道。他脑袋的正上方就是塌陷的拱顶。

"快把他带走。他像孔雀玛奥似的四处乱跳。他会踩到我们的孩子。"陷阱里的眼镜蛇说。

"哈哈!"卡奥笑着说,"这个小人儿倒是朋友遍天下。退后点,小人儿,藏好了,眼镜蛇。我要把墙推倒了。"

卡奥仔细研究了一番,发现大理石窗花格上有一处褪色的裂隙,那儿应该比较容易撞开。他用头轻轻敲了两三下,测了下距离,然后把身体从地上抬了一米八高,鼻子向前,用尽力气狠狠地撞了六下。窗花格被撞断了,伴着尘土和垃圾轰然倒下。莫格里从缺口跳了出来,扑到巴鲁和巴希拉中间,两只胳膊分别搂住他俩的大粗脖子。

"你伤着了吗?"巴鲁轻轻抱着他问。

"我又疼又饿,身上好多瘀青。可是你,啊,他们下手这么狠,我的兄弟们!你们流血了!"

"那些家伙也一样。"巴希拉说道。他舔着嘴唇,看着露台上和水池周围的猴子尸体。

"这不算什么,不算什么,你平安无恙就好了,最让我骄傲的小青蛙!"巴鲁抽泣着说。

"这个咱们一会儿再说。"巴希拉沙哑着嗓子说。莫格里不喜欢巴希拉这样说话。"这是卡奥,我们能打赢这场战斗,你能保住这条命,都是他的功劳。莫格里,按咱们的规矩谢谢他。"

莫格里转过身,看见大蟒蛇的脑袋就在自己头上不到一米的地方晃悠。

"哦,这就是那个小人儿,"卡奥说,"皮肤真光滑,他有点像猴子。小心点,小人儿,每次我刚换上新衣的时候状态都不太好。黄昏时分看不清的话,可能会错把你当成猴子的。"

"我们有同一血脉,你和我,"莫格里应答道,"今晚你救了我的命。卡奥,以后如果你饿了,我的猎物就是你的猎物。"

"谢了,小兄弟。"卡奥说道,尽管说这话时他的眼睛闪过一丝狡黠的光,"那这么勇敢的猎人都打什么猎物?我先问问,这样下次他打猎的时候我能跟着。"

"我什么也不杀,我太小了,但我能把山羊赶到方便你们捕杀的地方。你饿了就来找我,看我说的是不是真的。我这双手还算有点本事(他伸出双手),如果你们落到陷阱里,我就有机会报答你、巴希拉还有巴鲁。祝你们狩猎愉快,我的主人们。"

"说得不错。"巴鲁低声说。莫格里的道谢确实非常得体。岩蟒低下头,轻轻在莫格里肩上搁了一会儿。"你有一颗勇敢的心,说话还谦恭有礼,"他说,"小人儿,你的这些品质能让你走遍丛林都不怕。但现在,你还是和你的朋友赶快离开这里吧,去睡一觉。月亮就要落下去了,接下来的事情你还是不看为好。"

月亮已经落山,一排排猴子在城墙上挤成一团,瑟瑟发抖,看起来像是参差不齐的穗子在乱晃。巴鲁下到池子里喝水,巴希拉开始顺他的毛。卡奥滑到露台中央,吧嗒一声合上了嘴，所有猴子的目光都集中到他身上。"月亮落山了，"他说，"你们还能看得清吗？"城墙那边传来低声呜咽，好像树顶的风呼啸而过。"看得清，卡奥。""好！现在我开始跳舞，卡奥的饥饿之舞。坐着别动，好好看。"他绕了两三个大圈，脑袋左右摇晃。他一会儿用身体绕圆，一会儿画"8"字，一会儿又从柔软的三角形幻化成正方形、五边形，一会儿又盘成一团。他一直从容不迫地跳着，一刻也没停歇，还总是低声哼着歌。天色越来越暗，岩蟒拖曳盘绕的身体渐渐看不见了，但猴子们仍能听见蟒蛇鳞片摩擦发出的沙沙声。

巴鲁和巴希拉像石头一样静静站着，喉咙里发出低吼，颈毛也立了起来。莫格里诧异地望着他们。

"猴民们，"卡奥终于说话了，"没有我的命令，你们的手脚敢动吗？说！"

"没有你的命令，我们不敢动，卡奥！"

"好！你们一齐往我这边走一步。"

成排的猴子无助地往前挪了一步。巴鲁和巴希拉也呆呆地跟着他们走了一步。

"再近些！"卡奥咝咝地说。

于是,他们又往前挪。莫格里拍拍巴鲁和巴希拉,催他们快走,两只野兽这才猛地一惊,仿佛刚从梦中醒来。

"把你的手放在我肩上,"巴希拉低声说,"拦着我点,否则我一定会被卡奥唤回去。太可怕了!"

"不就是老卡奥在沙土里转圈吗?"莫格里说,"咱们走吧。"三个伙伴从墙中间的一个缺口溜进了丛林。

"呼!"巴鲁说完,又回到寂静的树下,"我再也不会跟卡奥做同盟了。"他全身都在颤抖。

"他知道得比我们多。"巴希拉也在哆嗦,"如果我再待一小会儿,可能就被他迷惑,直接跑进他的喉咙里被他吃了。"

"月亮再次升起之前,会有很多猴子走上那条路的,"巴鲁说,"他按照自己的方式打猎,收获不小,也很愉快。"

"到底是什么意思呀?"莫格里问,他一点也不知道蟒蛇迷惑猎物的威力,"我看到的只是一条大蟒蛇在愚蠢地绕圈圈,一直绕到天黑。他的鼻子还破了。嗬!嗬!"

"莫格里,"巴希拉生气地说,"他的鼻子疼都是因为你;我的耳朵、身体两侧、爪子受伤,巴鲁的脖子、肩膀被咬，也都是为了你。不管是巴鲁还是我巴希拉，都要有好些日子不能好好打猎了。"

"这不算什么，"巴鲁说，"人崽子又回到我们身边了。"

"这话没错，可是他让我们赔上了本来可以用来打猎的时间。我们还受了伤，掉了毛——我背上的毛给拔掉了一半——最糟糕的是，我们的名誉受损了。你记着，莫格里，我黑豹，是走投无路才向卡奥求助的，巴鲁和我被卡奥的饥饿之舞耍得像笨鸟一样。所有这一切都是因为你擅自和猴民交往。"

"是的，都怪我。"莫格里悲伤地说，"我是个坏小孩，我很难过。"

"哼！丛林法则怎么说的来着，巴鲁？"

巴鲁不想再让莫格里有什么麻烦了。但他不能篡改丛林法则，只好嘟哝道："懊悔不能代替惩罚。但是巴希拉，你要知道，他还很小。""我知道。可是他闯了祸，必须惩罚他。莫格里，你还有什么好说的？""没什么好说的。我做错了。巴鲁和你都受了伤。我该挨打。"巴希拉打了他六下，这从豹子的角度看只是轻轻的爱抚（这个力度要唤醒他们睡觉的崽子都困难），但是对于一个小男孩来说，就是不堪忍受的一顿痛打了。惩罚完以后，莫格里打了一个喷嚏，自己一声不响地站了起来。

"走吧，"巴希拉说，"跳到我背上，小兄弟，我们回家。"

丛林法则的一个好处在于惩罚可以让过错一笔勾销，谁也不会翻旧账。

莫格里把头靠在巴希拉背上，沉沉睡去，直到巴希拉把他送回家，放到洞穴里，他都没有醒。

猴民的行路歌

我们抓着花枝荡秋千，

嫉妒的月亮在半空悬！

难道你不羡慕我们能够昂首腾跃吗？

难道你不梦想自己能多一双手臂吗？

难道你不想要可以蜷曲的尾巴，

弯成爱神之弓吗？

你生气了吗,不过——别在意,

你的尾巴垂在了后面,兄弟!

我们成排坐在树枝上,

美好回忆是我们所想;

规划安排已成竹在胸,

一两分钟就大获成功——

这些高尚伟大的功绩,

我们只想想就能建立。

要做什么我们很快会忘记,

不过——别在意,

你的尾巴垂在了后面,兄弟!

所有我们听过的言语,

不管是蝙蝠、野兽还是鸟儿——

不管是有皮毛、鳞片还是羽毛的——

很快都能学得惟妙惟肖!

完美!优秀!再来一遍!

现在我们说话时就像人类!

就让我们假装是……别在意,

你的尾巴垂在了后面，兄弟！

来向我们猴族学习。

加入我们的队伍，在松树林里腾跳，

抓住了野葡萄藤，在高空摆荡轻盈。

凭着留下的垃圾，凭着高贵的喧闹，

相信吧，相信吧，

我们定会做一些伟大的事情！

"老虎！老虎！"

打猎怎么样，勇敢的猎手？

兄弟，我又冷，等待得又久。

你要追捕的猎物怎么样？

兄弟，他还在丛林里吃草。

令你骄傲的威风哪里去了？

兄弟，它已从我的腰腹间溜走。

你这么匆忙要去哪里？

兄弟，我赶回老巢——赴死。

现在我们得回到第一个故事。议会岩大战之后，莫格里离开狼窝，跑到了村民们住的耕地，但他没法在那里停留，因为那儿离丛林太近了，而且他知道自己在议会岩不止树了一个敌人。所以他匆匆忙忙地沿着山谷崎岖不平的路继续跑，匀速小跑了差不多三十二公里，来到一个陌生的国家才停下。山谷豁然开朗，广袤的平原展现在眼前，平原上散布着碎石，沟涧纵横其间。平原的尽头坐落着一个小村庄,而另一头就是茂密的丛林,绵延到牧场边,丛林牧场边界分明,仿佛是锄头砍出来的。平原上,黄牛和水牛正在吃草,放牛的小男孩们看到了莫格里,都惊叫着跑开,那些村庄里闲逛的流浪黄狗狂吠了起来。莫格里饿了,继续走着。到了村庄大门后,他看到傍晚用来挡门的大丛荆棘林被挪到了一边。

"呵!"莫格里哼道,他晚上到处找食物的时候遇到了很多类似的路障,"看来这儿的人类也很害怕丛林动物。"他在大门边坐下。看到有人走出来,莫格里赶紧站起来,张开嘴,用手往嘴里指,表示自己想吃东西。这个人吃惊地盯着莫格里,然后沿着村庄的一条路跑回去了,边跑边喊祭司。祭司高高胖胖的,穿着白袍子,额头有红黄相间的标记。他赶来大门前,带了一百多个村民,大家都盯着莫格里看,对他指指点点。

"这些人真没礼貌,"莫格里心想,"只有灰猿才会这样。"他把长头发往后一拨,对这群人蹙起了眉头。

"这小孩有什么好怕的?"祭司问,"看他胳膊和腿上的疤。那是狼咬出来的。他应该是丛林里跑出来的狼孩。"

确实,小狼跟莫格里咬着玩的时候经常会无意间下嘴重了些,所以莫格里的胳膊和腿上留下了很多伤疤。但他不愿意说这是咬伤,因为他知道什么才叫被咬。

"哎呀!哎呀!"两三个女人聚在一起叽叽喳喳,"好可怜的孩子,被狼咬伤了!这个小男孩长得挺好,眼睛像火苗似的炯炯有神。美苏,相信我,他有点像你那个被老虎叼走的小男孩。"

"我看看。"一个手腕脚踝上戴着沉甸甸铜镯的女人说。她把手放在额头遮着,仔细打量莫格里,"确实有点像。他更瘦点,不过的确像我的孩子。"

祭司很聪明,他知道美苏是最富裕的村民的妻子,就抬头看了一会儿天,严肃庄重地说:"丛林夺走的,还会给你还回来。我的姐妹,别忘了表达对祭司的敬意,因为他能够看透世事人生。"

"以那头买下我命的公牛起誓,"莫格里心想,"他们现在说话的场景和我当初被纳入狼族时很像!好吧,既然我是人,就必须得做个人。"

人群散了,这个女人示意莫格里跟自己回小屋。屋里有个红漆床架，一个盛粮食的大陶缸，上面画了一些奇奇怪怪的图案，还有六只铜锅。小壁龛里供着一尊印度神像，墙面上还挂着一面真正的镜子，就是在农村集市卖的那种。

她给了莫格里一杯牛奶和几片面包，然后把手放到他头上，端详着他；她想着，或许莫格里就是她在丛林里被老虎叼走的亲儿子。她喊道："那桑，啊我的那桑！"但莫格里看上去好像并没听过这个名字。"你不记得我给你穿新鞋子的那天了吗？"她摸摸他的脚，莫格里的脚硬得像牛羊的角，"不，"她悲伤地说，"这双脚看来从没穿过鞋子，但你真像我的那桑啊，那你就做我的儿子吧。"

莫格里觉得很不自在，因为他从来没在有屋顶的地方待过。他看着茅草屋顶，感觉自己如果想逃走，随时都可以把屋顶掀翻，而且窗户也没有什么窗闩。"如果听不懂人话，"最后，他对自己说，"那做人还有什么意思呢？现在我又蠢又哑，就好比一个人类到了丛林里生活。我必须学会人的语言。"

以前他在狼群的时候，会模仿丛林里公鹿宣战时发出的声音和小野猪的呼噜声。但莫格里这次可不是学着玩的。现在，美苏每发一个词，莫格里就惟妙惟肖地跟着模仿。天还没黑，他就已经学会了小屋里很多物品的名称。

莫格里要睡觉时又遇到了困难。小屋看起来很像猎豹陷阱，他不愿意在这样的地方睡觉。所以，等他们关了门，莫格里就从窗户跑出去了。"随他去吧，"美苏的丈夫说，"要知道，他长这么大从没在床上睡过觉。如果他真是神派来替代我们儿子的，他就不会跑。"

莫格里在田地边找到一块狭长干净的草堆，伸伸胳膊腿，准备入睡。但还没等他合上眼睛，一个软软的灰鼻子就拱了拱他的下巴。

"唷！"灰兄弟喊道（他是狼妈妈最大的孩子），"我跟了你三十二公里，就得到了这么个回报。你现在闻着有柴火烟和黄牛的味——总之很像个人了。醒醒，小兄弟，我来传信了。"

"丛林里一切都好？"莫格里抱抱他，问道。

"都好，除了被红花烧到的狼。听着，谢可汗因为被红花燎伤严重，在皮毛长出来之前会在很远的地方打猎。但他发誓，等他回来要卸了你的骨头，扔到怀冈加村。"

"那可说不准。我也起了个小誓。不过有消息总是好事。我今晚太累了。学新东西真的很累，灰兄弟。你要记得常给我带消息。"

"你不会忘记你是只狼吧？人类不会让你忘记吧？"灰兄弟不安地问。

"永远不会。我会永远记得我爱你，爱咱们洞穴里的所有兄弟。不过我也会一直记得，我是被驱逐出狼群的。"

"你也可能被人群驱逐。人类也只是另一个族群罢了，小兄弟，他们说话就像池塘里的青蛙呱呱叫。等我下次再来，我就在牧场边的竹林等你。"

一连三个月，莫格里几乎没出过村子的大门，忙着学习人的生活方式和生活习惯。首先，他得在身上围一块布，这令他非常恼火；然后，他得学会用钱，可是他一点也搞不明白。此外，还得学耕地，他觉得耕种没什么用。村里的小孩也让他很生气，幸好丛林法则教会了他控制自己的脾气，因为在丛林里，生存、捕食都必须冷静克制。可是，有时因为他不愿玩游戏或者放风筝，或者发错了某个词的音，那些小孩就会嘲笑他。他明白，杀死赤裸裸的小孩不够光明磊落。要不是知道这一点,他真想把他们拎起来,撕成两半。他对自己的力量一无所知。在丛林里,他只知道和野兽们比起来,自己很弱小,可是在村子里,人们都说他力大如牛。莫格里对于等级森严的种姓制度毫无概念。陶匠的驴子失足掉进坑里,莫格里拽着他的尾巴,把他拖了上来。他还帮陶匠把陶器装上车,以便运到卡尼瓦拉的市场。这让村民非常震惊,因为陶匠是低等贱民,他的驴子地位就更低了。祭司斥责他的时候,莫格里威胁说要把他也放到驴背上去。祭司对美苏的丈夫说,最好尽快让莫格里去干活。村长安排莫格里第二天去赶水牛,在水牛吃草的时候看守着他们。莫格里很高兴。那天晚上,因为他已经是村里的雇工,可以去参加每晚在无花果树下石台旁举办的聚会。人们围坐成一圈,这就算村里的俱乐部了,村长、守夜人、理发师(他知道村里的各种小道消息)、有一支托尔牌火枪的老猎人布尔德奥等人来此聚会、抽烟。一群猴子坐在枝头高处吱吱唧唧说个没完,石台下面的洞里住着一条眼镜蛇,人们每晚向他祭上一小盘牛奶,因为他是神蛇;老人们围坐在树下谈话,抽着巨大的水烟袋,直到深夜。他们讲一些关于神啊人啊鬼啊的猎奇故事;布尔德奥还常常讲一些更加传奇的丛林野兽的生活故事，听得那些坐在圈外的小孩眼珠子都要瞪出来了。多数故事是关于动物的，因为丛林就在他们门口。鹿和野猪常来偷吃他们的庄稼，老虎时不时还会趁着黄昏，在村子大门附近把人叼走。

对于他们聊的那些，莫格里自然是了解一些实情的，他只好挡住脸，不让他们看见他在笑。于是，当布尔德奥把托尔牌火枪搁在膝盖上，眉飞色舞地讲着一个又一个神奇的故事时，莫格里憋着笑，肩膀抖个不停。

布尔德奥正在讲，那只拖走美苏儿子的老虎是一只鬼虎。一个放债的坏家伙几年前死掉了，鬼魂就附在这只老虎身上。"我说的是真的，"他说道，"因为有一回骚乱，人们烧掉了普伦·达斯的账本，他挨了揍，之后走路总是一瘸一拐的。我刚才说的那只老虎也是瘸的，因为他留下的脚掌印总是一边深一边浅。"

"是的，是的，肯定是这样的。"灰白胡子老头们一齐点头。

"这些故事难道全都是胡编乱造的吗？"莫格里说，"那只老虎一瘸一拐是因为他生下来就瘸，这是谁都知道的呀。说什么放债的鬼魂附到一只比豺狼还胆小的野兽身上,简直是瞎扯。"布尔德奥吃了一惊,一时无言以对。村长瞪着莫格里。"嚯!这就是那个丛林里来的小毛孩,是吗?"布尔德奥问,"你既然这么聪明,怎么不剥下他的皮送到卡尼瓦拉去,政府正悬赏一百卢比要他的命呢。没这本事的话,长辈说话最好别插嘴。"

莫格里起身离开。"我躺在这儿听了一晚上,"他回头喊道,"布尔德奥说了那么多关于丛林的事,没一句真话。丛林就在家门口都这样了,我还怎么能相信他说的鬼啊,神啊,妖怪啊的故事?他还说自己亲眼见过呢。"

"这孩子确实应该去放牛了。"村长说。布尔德奥被目无尊长、莽撞无礼的莫格里气得哼哼,直喘粗气。

按大多数印度村子的习惯,大清早要派几个孩子赶着黄牛和水牛出去放牧,晚上再把他们赶回来。那些牛力气大得能把人踩死,却老老实实地任由一些还够不着他们鼻子的孩子欺负打骂。这些孩子只要跟牛群待在一块儿,就非常安全,因为就连老虎也不敢袭击一群壮牛。但孩子们如果跑开去摘花,或者捕蜥蜴,有时就会被老虎叼走。天刚亮,莫格里骑在牛群头领大公牛拉玛的背上，穿过村子的大街。那群蓝灰色的水牛，长角后卷、眼神凶猛，排着队从牛棚里出来，跟在他后面。莫格里非常明确地向其他放牛娃表示：他是头儿。他用一根磨得光溜溜的长竹竿抽打水牛，吩咐一个叫卡米亚的小男孩领着，叫他们去放黄牛，还提醒他千万小心，别离开牛群乱跑。而他自己则赶着水牛往前走。

印度的牧场全是岩石、灌木丛、草丛，鲜有几处溪涧，牛群散开后隐没在其间。水牛通常靠近池塘和泥泞地待着，他们躺在泥地里泡着、打滚、晒太阳，一待就是几个小时。莫格里把他们带到平原边缘怀冈加河流出丛林的地方；然后，他从拉玛的脖子上下来，小跑到竹林，找到了灰兄弟。"嘿，"灰兄弟说，"我已经在这儿等了好多天了。这种牧牛的活儿有什么意思？"

"这是命令，"莫格里说，"我做村子的放牛娃有一段时间了。谢可汗有什么消息吗？"

"他已经回村，也在这儿等你很久了。这会儿他因为猎物少又走了，但他还是想杀了你。"

"很好，"莫格里说，"如果他不在，你或者四个兄弟

丛林之书

中的一个就坐到那块岩石上去，这样我一出村子就能看见你们。他要是回来了，你们就坐到平原中间紫铆树旁的小溪那儿等我。我们没必要去往谢可汗嘴里送死。"

然后，莫格里挑了一块阴凉地睡倒，水牛就在他周围吃草。在印度，放牧是世界上最悠闲的事情之一。黄牛走动着，嚼着草，累了就躺下，然后又起来在草地上晃，都懒得哞哞叫，只是嘟哝。水牛更是一声不吭，一个接一个地下到泥池子里，往泥堆里钻，只剩鼻子和圆睁的浅灰蓝色眼睛露在外面。他们躺在上面，就像一根根木头似的。太阳晒着岩石，升腾起来的热浪像在跳舞，放牛娃们听到一只鸢鹰（就一只，再没有了）在看不清的高处呼啸盘旋。他们知道，如果他们死了或者一只奶牛死了，鸢鹰会马上俯冲而下。几公里外的另一只鸢鹰看到他飞下来也会跟着，然后一只接一只，在他们断气之前，会有二十多只饥饿的鸢鹰从四面八方突然飞出来。放牛娃们睡了醒，醒了睡，还用干草编成竹筐，把蚱蜢放在里面；或者抓住两只螳螂让他们决斗；或者把红色和黑色的丛林坚果穿成项链；或者看蜥蜴在岩石上晒太阳，看一条蛇在泥堆旁捕青蛙。玩够了就唱歌，唱着长长的歌谣，结尾还带有当地人奇怪的颤音。他们的一天似乎比大多数人的一生还要长。有时，他们用泥巴做城堡，捏一些泥人、泥马和泥水牛，把芦苇塞在泥人手里，假装自己是国王，泥人就是他们的军队，有时也会假装自己是受崇拜的神灵。当暮色降临，孩子们就开始吆喝，水牛一个个笨拙地从黏糊糊的泥浆里爬出来，发出的闷响好像此起彼伏的枪声。他们排成一列，穿过昏暗的平原回到灯火闪烁的村庄。

日复一日，莫格里把水牛带到他们的泥塘；日复一日，在两点四公里以外的平原那边，他都能看到灰兄弟的背影（他知道，谢可汗还没回来）；日复一日，他躺在草地上听周围的声响，怀念着过去在丛林的日子。在那漫长寂静的清晨，谢可汗的瘸腿如有一步迈错，进了怀冈加河边的丛林，莫格里肯定是能知道的。

这一天终于到来了。他没有在约定的地点看到灰兄弟，于是大笑着把水牛群带到了紫铆树旁的小溪那儿，树上开满了金红色的花。灰兄弟坐在一旁，背上的毛发都竖起来了。

"他已经藏了一个月，就为了让你放松警惕。昨晚，他和塔巴奎急匆匆地追着你的踪迹翻过了山。"小狼气喘吁吁地说着。

莫格里皱了皱眉:"我不怕谢可汗,但塔巴奎倒是狡猾得很。"

"别担心,"灰兄弟舔了舔嘴唇,"我早上遇见塔巴奎了。现在他正向鸢鹰炫耀他的鬼主意,不过在我弄断他的脊梁骨之前,他已经全都告诉我了。谢可汗打算今晚在村门口等你——不为别的,就等着杀你。他现在正躺在怀冈加那个干涸的大河谷里。"

"他今天吃过了吗,还是什么都没猎到呢?"莫格里问,这个问题对他来说生死攸关。

"他早晨猎了一头猪,喝也喝过了。要知道,就算为了复仇,谢可汗也不会禁食的。"

"哈!蠢货,蠢货啊!简直比小崽子还傻!又吃又喝,他还以为我会等着他睡醒吗?他这会儿在哪儿睡着呢?他躺着的话,我们只要有十个就能把他干掉。不过除非这些水牛能知道他的踪迹,否则是不会冲上去的,我又不会说牛语。我们能跟着谢可汗的脚印吗,让水牛们能闻到他的气味?"

"他在怀冈加河里游了很远,足迹断了。"灰兄弟说。

"这一定是塔巴奎教他的,我知道。他从来没有自己想出过这种主意。"莫格里咬着手指思考着,"怀冈加的大河谷,通向离这儿不到八百米的平原。我可以带着牛群,穿过丛林,绕到河谷的上端,然后突袭下去。不过,他会从另一头溜掉的。我们必须堵住那头的出口。灰兄弟,你能帮我把牛群分成两拨吗?"

"我恐怕不行,但我带来了一个聪明的帮手。"灰兄弟跑开,然后钻进一个洞里。接着,一个莫格里熟悉的灰色大脑袋从洞里伸了出来,炎热的空气里响起了丛林里最凄厉的叫声,一只在正午时分捕食的饿狼的吼叫。

"阿克拉!阿克拉!"莫格里拍手叫道,"我早就知道,你是不会忘记我的。我们手头有项重要的工作。把牛群分成两拨,阿克拉。让母牛和小牛一群,另一群是公牛和耕地的水牛。"

两只狼交叉跑着,跳起了方块舞里交换舞伴绕圈的步子,在牛群穿进穿出。牛喷着鼻息,昂着脑袋,被分成了两拨。母牛站在一群,把她们的小牛围在中间。她们瞪着眼睛,前蹄踩着地面,好像只要哪只狼稍稍停下,她们就会冲上前去把他踩死。在另一群里，成年公牛和年轻公牛喷着鼻息，也跺着蹄子。不过，他们虽然看起来更吓人，但其实并没那么危险，因为他们不需要保护小牛。就连六个男人也没法这样利索地把牛群分开。

"然后干吗？"阿克拉喘着气说，"他们又要跑到一块儿了。"

莫格里跨到拉玛背上，说："把公牛赶到左边去，阿克拉。灰兄弟，等我们走了以后，你把母牛赶到一堆，把她们赶到河谷下面的另外一边。"

"赶多远？"灰兄弟边喘着气，边扑咬着牛群。

"赶到河谷两岸比较高的地方，谢可汗跳不上去的地方。"莫格里喊道。

"我们下来之前就让她们待在那儿。"阿克拉冲着公牛嚎叫，牛群呼啦啦地被赶着跑。灰兄弟拦在母牛群前面，母牛向他冲去，他就跑在她们的前面一点，就这样带着她们向河谷下面跑去。这时，阿克拉已把公牛赶到左边很远的地方了。

"干得好！再冲一下，他们就开始跑了。小心，现在要小心了，阿克拉。再扑咬一次，他们就会向前冲了。啊！

这工作可比追黑鹿更疯狂。你没想到这些家伙会跑得这么快吧？"莫格里问道。

"我以前——以前捕过好多次这些家伙，"阿克拉在扬起的尘土里气喘吁吁地说道，"我要把他们赶进丛林里去吗？"

"唉！赶吧！快点赶他们！拉玛已经暴怒得发狂了。唉，要是我能告诉他我今天需要他干吗就好了！"

这次，公牛被赶向右边，横冲直撞，跑进了高高的灌木丛。在八百米外看着牛群的放牛娃，急匆匆地拼命奔回村子，大叫着说水牛都疯了，都跑掉了。

实际上，莫格里的计划很简单。他想做的就是在山上围一个大圈，绕到河谷上端，往山下赶公牛，把谢可汗围困在公牛和母牛群中间，然后捉住他。因为他知道，谢可汗吃饱喝足以后，既不适合战斗，也爬不上河谷的两岸。他这会儿正用声音安抚着水牛。阿克拉已经退到牛群的后面，只偶尔叫一两声，催后面的水牛往前。他们围了个很大很大的圈，因为他们不想太靠近河谷，怕打草惊蛇。最后，莫格里把晕头转向的牛群带到了河谷上方的一块绿草地上。这块和河谷相连的草地是个陡峭的斜坡。站在高坡上，可以望过树梢俯瞰下面的平原，但莫格里只注视着河谷两岸。他非常满意，因为他看到河谷两岸非常陡峭，几乎是垂直的，而且岸边长满了藤蔓和爬山虎，一只想从这儿逃跑的老虎是找不到立足点的。

"让他们喘口气，阿克拉。"他抬起一只手示意，"他们还没闻到谢可汗的味道呢，让他们喘口气。我必须告诉谢可汗谁来了。他已经被困在我们的陷阱里了。"

他把手拢在嘴边，冲着河谷底下大喊，这大概就像在隧道向下喊，声音在岩壁之间回荡。

过了很久，才传来了吃饱后刚睡醒的老虎有气无力的低吼。

"谁在喊？"谢可汗问。一只漂亮的孔雀吓得惊叫，振翅飞出了河谷。

"是我，莫格里。你这个偷牛贼，是时候回议会岩了！下去，把他们赶下去，阿克拉！走，拉玛，咱们下去！"

牛群在斜坡边犹豫了一会儿，但是阿克拉全力嘶吼了几声，牛就一个接一个跳下斜坡，就像汽船驶过急流，周围沙石溅起。他们一旦往下飞奔，就停不下来了。还没到达河谷底之前，拉玛就闻到了谢可汗的气味，朝他吼叫起来。"哈哈！"莫格里骑在拉玛背上笑道，"现在，你知道我的厉害了吧！"黑色牛角，喷沫的牛鼻子，圆睁的牛眼，牛群如洪流一般涌下，好像山洪暴发时滚下的巨石；较弱的水牛被挤出了河谷两岸，他们攀扯着岸壁上的爬山虎，知道接下来会发生什么——水牛群猛烈进攻，没有一只老虎能抵挡得住。在河谷底的谢可汗听到了隆隆的牛蹄声，跟跟跄跄地站起身，四处找路逃跑，但是河谷岩壁直立，他没有支撑点，而且饱腹的他此刻最不适合战斗。牛群踏过他刚刚离开的水塘，水花四溅，吼声在狭长的河谷回荡。莫格里听到了河谷底的回应，看见谢可汗转了过来（这老虎知道，既然情况已经这么糟糕了，对付公牛总比面对护犊的母牛强），然后拉玛被绊倒了，跌跌撞撞地站起来，踩过什么软软的东西继续跑。与此同时，紧跟其后的公牛撞到了其他牛。牛群推搡碰撞，体弱的水牛受惊被撞翻在地。这次猛冲过后，两群牛都挤上了平原，他们相互顶角、踩踏、喷着鼻息。莫格里看准时机，顺着拉玛的脖子滑下来，左右挥舞着棍子。

"快点，阿克拉！把他们分开。散开他们，不然他们会打起来的。把他们赶开，阿克拉。嗨，拉玛！嗨！嗨！嗨！我的孩子们,现在慢点,慢点!都结束了。"

阿克拉和灰兄弟跑前跑后地咬水牛腿。虽然牛群又一次想回过头冲进河谷,莫格里却设法让拉玛转过头去泥塘,其他牛也就在后面跟着。

不需要牛群再去踩谢可汗了。他死了,鸢鹰们已经飞下来啄食了。

"兄弟们,他死得像条狗。"莫格里说着,摸出刀来。从他和人类生活在一起以后,这把刀就一直挂在他脖子上的刀鞘里,"不过,他本来就不想战斗。他的皮铺在议会岩上一定很漂亮,我们得赶快动手。"

一个被人抚养长大的孩子,做梦也不会想到会独自去剥一只三米长的老虎皮,但是莫格里比谁都了解动物的皮是怎样长的,也知道怎么剥下来。不过,这可是一件费力的活儿,莫格里又削又撕,呼哧呼哧剥了一个钟头。两只狼在旁边懒洋洋地耷拉着舌头,莫格里叫他们的时候,他们就上前帮忙拽。不一会儿,一只手搭上了他的肩。他抬头一看,是那个有支托尔牌火枪的布尔德奥。孩子们告诉村里人,水牛受惊跑掉了,布尔德奥气冲冲地跑出来要教训莫格里,因为他没有看管好牛群。两只狼一看有人来了,便立刻跑开了。

"你在干什么傻事?"布尔德奥生气地说,"你以为你能剥掉老虎的皮吗!水牛是在哪里踩死他的?原来是那只瘸腿虎,他的脑袋还值一百卢比的赏金呢。行吧,行吧,我们就不追究你把牛群吓跑的事了,等我把虎皮拿到卡尼瓦拉换了赏金,或许还能分你一卢比。"他在围腰布里摸出打火石,俯身烧掉谢可汗的胡须。许多印度猎人都会烧掉老虎的胡须,以免老虎的鬼魂缠上他们。

"哼!"莫格里嘟囔着撕下了老虎前爪的皮,"原来你想把虎皮拿到卡尼瓦拉去领赏金,还说什么也许会给我一个卢比?我可有我自己的用处。喂!老家伙,把火拿开!"

"你竟敢对村里的猎人首领这样说话?你杀死这头老虎,全靠运气和你那群蠢水牛。这只老虎是刚吃饱,不然,他现在早就跑到三十二公里之外去了。小乞丐,你连怎么好好剥他的皮都不会。你还敢叫我不要烧他的胡须?莫格里,我一个子儿的赏钱也不会给你了,还要给你一顿胖揍。别碰这只死老虎!"

"凭赎买我的公牛起誓,"莫格里正准备剥老虎肩上的皮,"难道我这一中午都得听一只老猴子唠叨个没完吗?看这儿,阿克拉,这个人老在这儿烦我。"

布尔德奥正俯身看老虎脑袋,突然被四肢朝上撂倒在地,一只灰狼站在他身旁,而莫格里仍在剥老虎皮,仿佛整个印度只有他一个人。

"是的,"他咬牙切齿地说,"你说得完全没错,布尔德奥,你一个子儿的赏钱都不必给我。这是我和这只瘸腿老虎之间的战争——这场战争持续了太久了,而我,赢了。"

说句公道话,如果布尔德奥年轻十岁,在丛林里遇见阿克拉的时候肯定会和这只狼比试一下,但现在这只狼,完全听命于这个男孩,而这个男孩又和吃人的老虎之间有私仇,这种情形下的狼可不好惹。这是巫术,最可怕的那种巫术,布尔德奥心想,他不知道脖子上的护身符能不能保他平安。他在那儿躺着一动不动,每分钟都觉得莫格里也要变成老虎。

"王公!伟大的国王!"最后,他低沉沙哑地轻轻说道。

"嗯。"莫格里头都没转,暗自发笑。

"我是一个老头子了。我知道你不是普通的放牛孩子。我可以起来离开吗,你的仆人会把我撕成碎片吗?"

"走吧，祝你一路平安。只是，下次不要再打我猎物的主意了。让他走吧，阿克拉。"布尔德奥一瘸一拐地拼命朝村庄跑，还不时回头看，害怕莫格里真的变成什么可怕的东西。回到村庄后，他就讲了这个关于巫术、着魔的故事，祭司听了表情凝重。

莫格里继续他的工作，直到将近傍晚，他和狼群才把老虎尸体外面的一层巨大鲜亮的皮剥了下来。

"现在我们必须把虎皮藏起来，然后把水牛带回家！帮我赶牛，阿克拉。"

牛群在雾蒙蒙的黄昏中聚到了一起，当他们靠近村子时，莫格里看见了灯火，听到寺庙传出了海螺声和钟声。似乎半个村子的人都在村口等他。"这是因为我杀了谢可汗。"他心想。但是突然一阵雨点般的石头从他耳边呼啸而过，村民们边扔石头边喊道："巫术！狼杂种！丛林恶魔！滚开！快点消失，不然祭司会把你变回狼的。射他，布尔德奥，开枪！"

随着那支托尔牌火枪砰的一声开火，一头小水牛发出了痛苦的叫喊。

"这也是巫术！"村民们喊道，"他能让子弹拐弯，布尔德奥，那是你的水牛。"

"这是怎么回事？"莫格里很困惑，因为石头更密集地朝他飞过来了。

"你的这些兄弟，他们和狼族没什么两样。"阿克拉冷静从容地坐下了，"依我看，如果子弹有什么含义，那一定代表他们想把你驱逐出去。"

"狼！狼崽子！滚开！"祭司挥着一根神圣的罗勒树枝叫道。

"又是这样？上次我被驱逐因为我是个人。这次却因为我是只狼。我们走吧，阿克拉。"

一个女人——是美苏——跑到牛群面前哭喊道："哦，我的儿子，我的儿子！他们说你是一个能随随便便把自己变成野兽的巫师。我不相信，但你还是走吧，不然他们会杀了你的。布尔德奥说你是巫师，但我知道你只是在为死去的那桑报仇。"

"回来，美苏！"人群喊道，"回来，否则我们朝你扔石头了。"

莫格里苦笑，还没怎么撇开嘴就僵住了，因为一块石头击中了他的嘴。"回去吧，美苏。这不过是他们在黄昏大树下讲的又一个愚蠢故事。至少，我为你儿子报了仇。再见了；快跑吧，因为我会让牛群去对付他们，牛群可比他们的碎砖头速度更快。我不是巫师，美苏。保重！"

"现在，再赶一次，阿克拉，"他喊道，"把牛群带过来。"

水牛们焦急地要回到村里去。他们几乎不用阿克拉叫，就像旋风一样扑向大门，把人群冲得七零八散。

"数数吧！"莫格里轻蔑地喊道，"你们可能怀疑我偷了牛。数吧，因为我再也不会做你们的放牛娃。再见吧，你们要感谢美苏，因为她，我才没有把我的狼群叫过来在街上捕杀你们。"

他转身走了，孤狼跟在后面。莫格里抬头仰望星空，很开心。"阿克拉，我终于不用再睡在陷阱似的房子里了。我们取了谢可汗的皮就走吧。不过，我们不要伤害这个村子的人了，因为美苏对我很好。"

月亮升起，平原看起来像笼罩在乳白色的光晕中，惊恐万状的村民们看到莫格里身后跟着两只狼，头上顶着一包东西,以狼的速度小跑着前进。像绵延的火势,他们很快就跑过了很长一段路。然后,他们撞响了寺庙的钟,吹了海螺,声音比以往任何时候都更响亮。美苏哭了,布尔德奥添油加醋地讲他在丛林里的冒险故事,最后还讲到阿克拉站起来,像个人一样说话。

月亮刚刚落山,莫格里和两只狼来到了议会岩,他们停在狼妈妈的洞穴前。

"他们把我从人群中赶出来了,妈妈。"莫格里喊道,"不过,我遵守诺言,带着谢可汗的皮回来了。"

狼妈妈吃力地从洞穴中走出来,小狼跟在她身后。她看到虎皮时,眼神放光。

"他的脑袋和肩膀挤进这个洞穴要杀你的时候,我就告诉他,小青蛙,我告诉他,猎手终有一天会变成猎物,做得好。"

"小兄弟,做得好。"灌木丛传来了一个低沉的声音。

"没有你,我们在丛林中很孤独。"巴希拉跑到莫格里赤裸的双脚旁。他们一起爬上了议会岩,莫格里把虎皮摊平,放在阿克拉曾经坐过的石头上,并用四根竹片把它固定住。阿克拉躺在上面,召开会议:"都看过来。看仔细了,狼族成员们。"这和他在莫格里第一次被带到狼族时喊的话一样。

自从阿克拉被废,狼族一直没有首领,只是自己随意狩猎、战斗,但他们还是习惯性地回应了阿克拉的召唤。其中有一些狼因掉入陷阱而瘸了腿,有些因为被射伤而瘸了脚,有些因吃坏东西生了疥癣而狼狈不堪,还有许多狼失踪了。但剩下的都来到了议会岩,他们看到岩石上谢可汗的花斑虎皮,巨大的爪子连在空荡荡的虎腿上晃来晃去。这时,莫格里突然灵光一闪,自己编了一首歌,大声唱了起来,踩在虎皮上蹦蹦跳跳踩得啪啪响,还用脚后跟打拍子,直蹦到他喘不上来气才停下。灰兄弟和阿克拉就在歌曲的间隙嚎叫。

"看吧,狼群,我是不是遵守了我的诺言?"莫格里说。

狼群大喊:"是的!"

其中一只脏兮兮的狼叫道:"回来领导我们吧,阿克拉。重新领导我们吧,人崽子。我们已经厌倦了这种毫无法制的生活,我们想再次成为自由狼族。"

"不,"巴希拉制止道,"不行。你们吃饱了以后,可能又会犯那个疯病。你们被称为自由狼族,是有原因的。你们靠战斗得来自由,现在你们已经是自由的了。好好享受吧,狼族的各位。"

"人群和狼族都已经把我赶出去了,"莫格里说,"现在,我只能独自在丛林打猎了。"

"我们会和你一起打猎。"四只小狼说。

莫格里离开了,从此和四只小狼在丛林以捕猎为生。不过,他倒也不是一直很孤独,因为多年以后,他长成一个男人,结婚了。

不过,那个就是讲给大人听的故事了。

莫格里之歌

这首就是莫格里在议会岩上踩着谢可汗的虎皮跳舞时唱的歌。

> 这是莫格里的歌——我,莫格里,在唱歌。
> 请整个丛林都听我把故事诉说。
> 谢可汗说要杀我——要杀我!
> 他要杀死小青蛙,莫格里!黄昏时分在村旁!

他吃饱,他喝足。使劲喝吧,谢可汗,此时不喝,下次何时?

睡着做梦都是杀戮。

我独自一人在草地放牧。

灰兄弟,快过来!

来找我吧,孤狼,因为马上就有一个大猎物!

健硕的水牛,青皮怒目的公牛。

照我的命令,把他们来回驱赶。

还在睡吗,谢可汗?醒醒吧,醒醒!

我来了,大群公牛就在后面!

水牛之王,拉玛的蹄子跺得响。

怀冈加河的河水啊,谢可汗去了什么地方?

他不是豪猪伊基会挖洞,不是孔雀玛奥能振翅飞。

也不是蝙蝠曼格能挂枝头。

吱嘎作响的小竹子,告诉我他往哪里跑?

哦!他在那儿。啊嘿!他在那儿。

拉玛的脚下,就躺着跛脚的谢可汗!

起来打猎呀!咬断公牛的脖子,你就能饱餐!

嘘!他睡着了。我们不会叫醒他,因为他的力气实在大。

鸢鹰已然飞下来瞧。黑蚂蚁也已知晓。

大家都来大集会，借此向他表敬意。

阿克拉！我无衣物可包裹。鸢鹰见我赤裸裸。我很羞于见大伙儿。

谢可汗，把你的外套借给我。借我你条纹艳丽的虎皮衣，

让我得以去议会岩。

凭那头赎买我的公牛，我曾许下一个小诺言。

距我兑现我承诺，现在只差你外衣。

配好人类的刀，配上猎人的刀，

用这刀，我要俯身割下这份大礼。

怀冈加河的河水啊，你见证了谢可汗给我他的皮。

因为他对我怀着爱意。

拽啊，灰兄弟！拽啊，阿克拉！

谢可汗的虎皮很重吧。

人类很愤怒。他们扔石头，还胡言乱语。

我的嘴巴在流血。快点让我逃离开。

整个晚上，炎热的夜，我和兄弟们飞速奔跑。

我们将离开灯火通明的村庄，奔向低悬的月亮。

怀冈加河的水啊，人群将我驱逐。

我没有伤害他们，他们却害怕我。

为什么？

狼群，你们也把我赶出。

丛林之门朝我关闭，村庄之门也不再开启。

为什么？

就像蝙蝠曼格飞翔在野兽和鸟类之间，

我只能在村庄和丛林间游荡。

为什么？

我虽在谢可汗的虎皮上跳舞，但我的心情却很沉重。

我的嘴巴被村民的石头砸伤，

可我回到了丛林，我的心情就很轻松。

为什么？

这两种情绪在我心里斗争，就好像蛇在春天打架。

泪水从我眼里涌出，但我在泪水滑落的时候却笑了。

为什么？

莫格里分裂成了两个，但谢可汗的皮是真切地在我脚下。

整个丛林都知道我杀了谢可汗。好好看看吧，狼群！

唉！我的心很沉重，这些事情我不懂。

白海豹

哦！嘘，我的宝贝，黑夜将至，

暗夜映衬下漆黑河水上泛着绿光。

悬在海浪之上的月亮，朝我们低头望，

在浪谷里休息，轻声低语。

一浪接一浪，是你温柔的枕头。

啊，晃着鳍的小家伙累了，安逸地蜷起睡了！

风暴无法惊醒你，鲨鱼也不能抓住你，

在碧波荡漾的海洋怀抱中你便睡去！

——海豹的摇篮曲

这些事发生在几年前，一个名叫诺瓦斯托什那（也叫东北角）的地方，它位于距离白令海峡非常遥远的圣保罗岛上。利莫辛，一只冬鹪鹩，告诉了我这个故事。他被风刮到了一艘开往日本的轮船的缆绳上，我把他救下带回船舱，帮他保暖，喂他吃饱，养了一段日子，直到他的身体状况变好，能够再飞回圣保罗岛。利莫辛是只非常古怪的小鸟，但他说真话。除非有事要办，不然谁也不会去诺瓦斯托什那的，而唯一经常有事要去的就是海豹。夏季那几个月，成千上万的海豹从灰蒙蒙的冰冷海水中跳出来。对海豹来说，诺瓦斯托什那海滩是世界上最宜居的地方。希凯奇知道这个地方，所以每年春天结束后，他不管在哪儿，都会像个鱼雷舰艇一样径直游到诺瓦斯托什那，在那里花上一个月的时间和他的同伴打架，在岩石上尽可能争夺一个靠海的好地盘。希凯奇十五岁，是一只体形很大的灰海豹，肩膀上有鬃毛，还有又长又邪恶的獠牙。他用前鳍肢支撑着站起身来的时候，有一米多高，而如果有人敢给他称重的话，会发现他有三百多公斤重。他身上尽是残酷搏斗留下来的疤，但他始终准备好迎接新的搏斗。他通常会把头低向一边，好像是害怕看他的敌人；不过随后他就会像闪电那样出击，巨大的牙齿牢牢咬住另一只海豹的脖子。那海豹可能会竭尽所能地逃跑，但希凯奇是绝不会嘴下留情的。

不过希凯奇从来不去追击战败的海豹，因为这违反了海滩法则。他只是想有一个靠海的地方抚养孩子。然而，每年春天都会有四五万只海豹来此找地方做窝，因此海滩上呼号吼叫、咆哮拍打的声音大得可怕。

从一个名叫哈钦森的小山丘上望去,你可以看到周围五六公里以内的地上到处都是在打斗的海豹。海浪里星星点点冒出海豹的头,他们急匆匆赶往陆地,接着争打。他们在海浪里打,在沙滩上打,就连做海豹窝的玄武岩也被他们磨得光溜溜了。他们还真是和男人一样愚蠢又好胜。他们的妻子直到五月下旬或六月初才会来岛上,因为她们可不想被撕成碎片。还没成家的那些年轻海豹,两岁、三岁、四岁的,会从斗士们的身边穿过,走个八百多米到内陆。他们成群结队地在沙丘上玩,把新长出来的绿苗都蹭没了。这些海豹被称为霍卢施基,也就是"单身汉"的意思。光是在诺瓦斯托什那,可能就有二三十万只单身海豹。

希凯奇刚刚结束了他在这个春天的第四十五次战斗,他那毛发柔顺、眼神温柔的妻子玛特卡从海里上来了。他咬住妻子的后颈,把她提到自己的领地,没好气地问:"又来晚了。你到哪儿去了?"

希凯奇一般会在海滩上待四个月,他习惯了在此期间不吃东西,所以通常脾气会很糟。玛特卡知道这时候还是不接他的话比较好。她环顾四周,轻声称赞道:"你想得真周全。我们又占回老地方了。"

"我当然会找老地方了。"希凯奇说,"看看我!"

他浑身二十多处被挠伤流血,一只眼球几乎被打出来,身体两侧满是一条条的伤痕。

"天哪,你们这些男人,男人哪!"玛特卡扇动着后鳍说,"你们就不能理智一点,安安静静地分好地盘吗?你看起来就跟和虎鲸打了一架似的。"

"五月中旬以来,我什么事都没做,光打架了。这一季的海滩特别挤。我遇到了至少一百个从卢坎农海滩来找地方住的。他们为什么就不能待在自己原来的地盘呢?"

"我常常想,如果我们搬出这个拥挤的地方去水獭岛,或许会更开心点。"玛特卡说。

"呸!只有那群单身的霍卢施基才会去水獭岛。如果我们去那儿,他们肯定认为我们是害怕了。亲爱的,我们还是要面子的呀。"

希凯奇骄傲地把头埋进他壮硕的肩膀之间,假装要睡几分钟,但其实他一直很警惕,时刻准备战斗。现在,所有的海豹和他们的妻子都上了陆地,海上几公里之外都能听见他们吵闹的声音,动静甚至盖过了最猛烈的海风。在这片海滩,少说也有超过一百万头海豹——老海豹、母海豹、小海豹,还有霍卢施基。他们扭打,混战,乱叫,乱爬,还有的在一起玩耍,成群结队地爬进海里又爬出来。目之所及,密密麻麻的全是海豹,躺满了整个海滩。他们一队队穿过大雾,在小范围内还发生着冲突。诺瓦斯托什那总是雾蒙蒙的,除非太阳出来,一切才会看起来像珍珠一样闪亮,像彩虹一样斑斓,不过这也只能持续一小会儿。

科迪克,玛特卡的孩子,就是在混战中出生的。像其他小海豹一样,他个头小小的,感觉只有头和肩膀,有着水汪汪的浅蓝色眼睛。不过,他的皮毛有些特别,引起了他母亲的注意。

"希凯奇,"她终于说,"我们宝贝的皮毛会变成白色的!"

"胡说八道!"希凯奇哼了一声,"这世上从来没有什么白海豹。"

"我也没办法哪,"玛特卡说,"从现在就有了。"她低声吟唱着所有海豹母亲都会为她们宝宝唱的海豹之歌。

> 没长到六周切勿游泳嬉戏,
> 不然你会从头到脚沉进海底。
> 夏天的大风和可怕的虎鲸,
> 是海豹宝贝的天敌。
> 是海豹宝贝的天敌啊,亲爱的小家伙,
> 是太坏太坏的天敌。
> 但如果能扑通玩水慢慢强壮,
> 逐渐成长就没问题。
> 因为你是辽阔大海的孩子!

当然,这个小家伙起初并不理解这些话。他一边戏水,一边在母亲旁边爬来爬去。当他父亲和其他海豹打起架来,乱吼乱喊地在光滑岩石上滚来滚去的时候,他懂得要爬到一边去。玛特卡经常下海弄东西吃,两天才会喂小海豹一次,但小海豹每次都放开肚皮饱餐一顿,倒也长得很壮。

他独自做的第一件事就是爬进内陆。在那儿,他遇到了几万只和他同龄的小海豹,他们像小狗一样一起玩耍,在干净的沙滩上睡觉,睡醒接着玩。在海豹窝的老海豹们不怎么管他们,霍卢施基只待在自己的地盘,所以小宝贝们玩得很开心。

玛特卡在深海捕完鱼回来,会直奔小海豹玩耍的地方去,像羊妈妈呼唤小羊羔一样喊她的孩子,直到听到科迪克咩咩回应为止。然后,她会走最短的路线,用前鳍左拨右推,把旁边的小海豹都掀翻在地。这片玩乐场上总有几百个妈妈在找她们的孩子,孩子们被搅得乱糟糟的。但是,正如玛特卡告诉科迪克的那样:"只要你不躺在泥水里染上疥癣,不被硬沙石刮伤或划伤,只要你不在海浪汹涌的地方游泳,你在这儿就是很安全的。"

小海豹生下来也和小孩子一样不会游泳,但他们不学会就不开心。科迪克第一次下海就被大浪没了顶,他的大脑袋沉了下去,小小的后鳍往上翘。就像他妈妈给他唱的童谣那样,如果不是下一个大浪把他推出来,他可能就溺死了。

从那之后,他就学会了乖乖躺在海滩的小水洼里,让海浪刚好只盖住他的身体,就是划动鳍肢刚好能浮起来的程度。他一直很留意大浪,就怕受伤。科迪克用了两周的时间学会用鳍划水。那段时间，他在水里上下扑腾，呛得咳嗽，费力地哼哼。有时也爬上海滩打瞌睡，然后又回到水里。直到最后，他终于可以在水里自由来去了。

接着，你就可以想象他和同伴们共度的时光了。他们或是扎进巨浪之下，或是骑着打旋的大浪头冲向海滩，然后扑通落到地上，水花四溅；有时像老海豹那样，靠尾巴站立起来，挠挠自己的头；有时又爬到伸出浅滩、长满杂草的光滑岩石上玩"我是城堡国王"的游戏。他不时会看到一片薄鳍，就像大鲨鱼的鳍，正向靠近海岸的地方漂过来。他知道那是虎鲸格兰姆普斯，他一旦抓住小海豹就会吃掉他们。每当这时，科迪克就会像离弦的箭一样逃向海滩，那薄鳍就慢慢地游走，仿佛并没有在找什么猎物似的。

十月下旬，海豹开始举家举族离开圣保罗岛去往深海，再没有什么抢窝的打斗了，霍卢施基随意在哪儿玩都行。玛特卡对科迪克说："明年，你就要长大成单身的霍卢施基了。今年，你必须先学会如何捕鱼。"

他们一起出发横跨太平洋，玛特卡向科迪克展示了如何仰面躺在海上睡觉，两鳍收在两侧，只让小鼻子露出水面。没有比宽广、波浪起伏的太平洋更令人舒适的摇篮了。科迪克感觉他的皮肤有些刺痛,玛特卡说他是在培养"水感"。那种刺痛感意味着坏天气要来了,他必须尽快游开这里。

"过不了多久,"她说,"你会知道该往哪儿游,但现在我们还是跟在海豚后面吧,因为他们非常聪明。"一群海豚正在水里劈波斩浪,小科迪克尽力跟在他们后面游。"你怎么知道该往哪儿游啊?"他累得直喘。领头的海豚翻了个白眼,一头扎进水里。"我的尾巴刺痛着呢,年轻人。"他说,"这意味着大风暴就在我身后的方向。跟我来!当你在'黏糊糊的水域'(他指的是赤道)以南时,如果你的尾巴刺痛,就意味着风暴就在你前方,你得赶紧往北游。跟我来!这里的水域感觉不妙。"

这是科迪克学会的很多件事之一,他一直都在学。玛特卡教他沿着深海两岸追踪鳕鱼和大比目鱼,把鳕鱼从他海草丛中的洞穴里挖出来;教他如何绕开水下一百八十公里深处的沉船残骸,像步枪子弹一样在舷窗之间穿梭;如何在闪电划过天空之际仍能在浪尖舞蹈,面对顺风而下的短尾巴信天翁和战鹰,如何礼貌地挥鳍致意;如何像海豚一样,让鳍贴在身子两侧，蜷起尾巴，一下跃出水面一米多高；还教他离飞鱼远点，因为他们身上只有骨头；教他如何在海底十八米深的地方全速前进，一口咬下鳕鱼的肩胛肉；还教他绝不能停下来看什么渔船客轮，更要远离划艇。六个月之后，科迪克已经学会深海捕鱼需要知道的所有事情了。自始至终，他的鳍肢从没踏上过干燥的陆地。

有一天，他半睡半醒地，正躺在胡安·费尔南德斯群岛附近某处温暖的海域。突然间感觉自己头晕乎乎、整个人懒洋洋的，就像春天到了人们感到倦怠一样。他想起了一万多公里以外的诺瓦斯托什那美好舒适的海滩，想到了他和同伴们一起玩过的游戏、海藻的味道、海豹的怒吼和那些搏斗。就在那一刻，他坚定地转向北方游去。路上，他遇到了几十个伙伴，都朝同一个地方奔去。他们说："科迪克，你好哇！今年我们就都是霍卢施基了，我们可以在卢坎农那边的海浪上跳火焰舞了，还能在新草地上玩。不过，你是从哪儿搞到的这一身衣服？"

科迪克的皮毛现在几乎是纯白色的了。虽然他对此感到非常自豪，但他只是说："快游吧！我太想念那片陆地了，想得我骨头都痒痒。"就这样，他们都回到了出生的那片海滩，听见他们的父亲，老海豹们，正在翻滚的雾浪里打斗。

那天晚上，科迪克和一岁的小海豹们一起跳起了火焰舞。夏日的夜晚，从诺瓦斯托什那到卢坎农，海上到处是火光。每只海豹的身后都留下了一道亮痕，像烧着的油一样。他们跳起时，会有一道道亮光闪过，海浪破碎成了无数巨大的磷光条纹和漩涡。后来，他们到了内陆霍卢施基的地盘，在野生新麦里上下翻滚，互相讲述他们在海底都做了什么事。他们聊到了太平洋，就像男孩们谈起曾经采过坚果的树林一样。如果有人能听懂他们的话，回去一定能描绘出一幅前所未有的美好海洋画卷。三四岁大的霍卢施基从哈钦森山嬉闹着跳下来，喊道："躲远点，年轻人！大海很深，你不懂的还多着呢。等你们能绕过合恩角再说吧。嗨，一岁的小家伙，你从哪儿弄到的这一身白皮毛？"

"不是我弄到的，"科迪克说，"它就这么长出来的。"他正要把这个说他的家伙掀翻时，两个长着黑头发、扁红脸的男人从沙丘后面走了过来。科迪克从没见过人类，他咳了几下，低下了头。霍卢施基们匆匆散开躲到几米外，傻呆呆地坐着看。这两个人正是这座岛上海豹捕猎者的头领克里克·布特林和他的儿子帕塔拉蒙。他们来自离海豹窝不到八百米的小村庄,这会儿正在考虑赶哪些海豹去屠宰场——因为海豹也和绵羊一样,是要赶着走的——随后再剥下海豹皮做成夹克。

"嘀!"帕塔拉蒙说,"看!有一只白海豹!"

尽管克里克·布特林脸上很油腻,还残留着烟灰(他是阿留申人,阿留申人一向不爱干净),但还是能看出他脸色一下子变得煞白。随后,他开始喃喃祈祷。"别碰他,帕塔拉蒙。自打我出生就没见过白色的海豹。也许这是老扎哈罗普的鬼魂。去年,他在大风暴里失踪了。"

"我不会靠近他的,"帕塔拉蒙说,"他很晦气。你真的觉得是老扎哈罗普回来了吗?我还欠他一些海鸥蛋呢。"

"别看他,"克里克说,"赶快去赶那群四岁的海豹。工人们今天该剥出两百只海豹的皮。但这季刚开始,他们还是新手,一百只就够了,快点!"

帕塔拉蒙当着一群霍卢施基的面,把一只海豹的肩胛骨敲得咔咔作响,海豹们吓呆了,呼哧呼哧地喘着粗气。帕塔拉蒙慢慢逼近,海豹群开始跟着动。克里克领着他们往内陆走,而这群海豹却从没试着回到同伴身边。成千上万的海豹看着他们被驱赶却无动于衷，还像往常一样玩耍。科迪克是唯一提出疑问的，但他的同伴们也不明白，只知道每年大概都有六周到两个月的时间，会有人类以这种方式赶走一群海豹。

"我要跟踪他们。"科迪克说。看到这事，他的眼睛惊得几乎要掉出来了，小心翼翼地跟在后面。

"白海豹跟在我们后面，"帕塔拉蒙叫道，"这是第一次有海豹独自跟着去屠宰场。"

"嘘！别往后看，"克里克说，"这是老扎哈罗普的鬼魂！我必须跟祭司说这事。"

去屠宰场只有八百多米路，但他们走了一个小时，因为克里克知道，如果海豹走得过快就会变热，剥皮的时候皮就会一块块脱落。所以他们继续慢悠悠地走，路过海狮颈，韦伯斯特宅，最后来到了海滩上海豹看不见的盐屋。科迪克气喘吁吁地跟在后面，想知道会发生什么。他感觉已经到了世界尽头，但是他身后海豹窝里传来的咆哮声仍然很响亮，就像隧道里火车的轰鸣声。然后，克里克坐在苔藓上，拿出一块很重的锡制手表看时间，他要让这群海豹散热散三十分钟，科迪克听到雾珠从他帽檐上滴落的声音。然后，有十到十二个男人走了出来，每个人手里都拿着一个一米多长的铁棒。克里克指了指被同伴咬过或者走得太热的几只海豹，男人们把他们踢到了一边。这些男人都穿着用海象颈皮制成的厚靴子。克里克说了一句："上吧！"男人们就开始飞快地用棍棒打海豹的头。

十分钟后，小科迪克再也认不出他的朋友们了，因为人类把他们的皮从鼻子撕到了后鳍，然后猛地扯下来，扔到一边堆成堆。科迪克受不了了。他转过身，飞奔（海豹可以在短时间内非常迅速地行动）回大海；他新长出来的小胡须因为恐惧而直立了起来。他跑到海狮颈，大海狮正坐在海浪边上。科迪克双鳍举过头顶，一个猛子扎进凉凉的海水，在水里摇摇晃晃，痛苦地喘着粗气。"这是谁？"海狮粗暴地问。因为按规矩，海狮总是只和海狮待在一起。

"我很孤独！非常孤独！"科迪克说，"他们杀死了所有——海滩上所有的霍卢施基！"

海狮转过头，面朝靠近海岸的方向。"胡说！"他说，"你的朋友们正跟以前一样吵吵嚷嚷呢。你肯定是看见老克里克在弄死一群海豹。他已经这么干了三十年了。"

"太可怕了。"科迪克背对着海水说。这时，一个浪头打了过来。他划动双鳍，打了个旋儿，及时稳住自己，站定了身子。他在距离犬牙交错的岩石七厘米远的地方及时停了下来。

"一岁就能这么棒！"海狮很欣赏科迪克的游泳技术，"我觉得从你的角度看，确实是非常可怕的。不过，你们海豹年复一年地到这里来，人类当然会知道了。除非你们能找到一个人类从未涉足的岛，不然他们总有一天会来赶你们的。"

"有这样的岛吗？"科迪克开始仔细地问。

"我在波尔图（大比目鱼）后面游了二十年，都不敢说我找到了这样的岛。不过，既然你挺喜欢听你前辈们的看法，或许你可以到海象小岛找希维奇谈谈，他也许知道些什么。小家伙，别忙跑呀。要游差不多十公里才能到呢，要是我的话，就先上岸打个盹儿再去。"

科迪克觉得这主意不错，就游回自己的海滩，爬上岸睡了半小时。他睡觉的时候全身都在抽动，海豹睡觉都是那样。随后，他就直奔海象小岛。小岛低矮多岩石，差不多正好在诺瓦斯托什那正东北方向。那里到处是海鸥窝，成群的海象在那里生活。

他在靠近老希维奇的那边上了岸——老希维奇是一只北

太平洋海象，体形庞大臃肿，相貌丑陋，脸上长着脓包，粗脖子、长尖牙。他暴躁无礼，只有睡觉的时候很安静——而这时他恰好在睡觉——后鳍半隐半露在海浪中。

"醒醒！"科迪克大声喊道，因为海鸥的叫声已经很响。

"哈！嚯！哼！什么事？"希维奇问。他用长牙敲了敲，把旁边的海象一下敲醒了，旁边的海象又敲了他旁边的，直到他们一个个都醒了过来，往四周瞎望，就是没看到该看的地方。

"嗨！是我。"科迪克说。他在水里浮上浮下，看起来像一条白色的小鼻涕虫。

"天哪！剥了——我的皮吧！"希维奇说道。他们都盯着科迪克看。你可以想象得到那种场景，就好像在一个俱乐部里，一群慵懒的老绅士正围着一个小男孩打量。科迪克不想再听到什么剥皮之类的话，他已经受够了，就直接喊道："请问有没有什么人类没去过的地方，可以让海豹居住的？"

"你自己去找吧，"希维奇又闭上了双眼，"走开。我们忙着呢。"

科迪克像海豚似的在空中一跃，用尽力气大叫道："吃蛤蜊的家伙！吃蛤蜊的家伙！"他知道希维奇虽然装得像个大人物，其实一辈子都没抓过一条鱼，只会挖蛤蜊和海草填肚皮；那些随时都在找机会搞事的北极鸥、三趾鸥和海鹦们自然唯恐天下不乱，马上就跟着叫骂，于是——利莫辛告诉我——有将近五分钟的时间，就算你在海象小岛上开枪开炮都听不到声音。岛上的居民全都狂吼乱叫："吃蛤蜊的家伙！老头儿！"希维奇来回翻滚，咕咕哝哝，咳嗽个不停。

"现在你肯告诉我了吧？"喊得上气不接下气的科迪克问道。

"去问海牛吧，"希维奇说，"如果他还活着，一定能告诉你。"

"我怎么知道谁是海牛呢？"科迪克准备转身走的时候问道。

"他就是海里唯一比希维奇还丑的家伙，"一只北极鸥尖叫着在希维奇鼻子底下打着旋儿，"更丑，更没礼貌！老头儿！"

科迪克游回了诺瓦斯托什那，留下海鸥在那里继续尖叫。他发现，在他尽自己小小的一份力想为海豹找块安宁地方时，根本没有一只海豹同意他的想法。他们告诉他，人类一直都是这样驱赶霍卢施基的——这是每天正常工作的一部分——如果他不愿意看到那些引起不快的事情，就不应该去屠宰场。但实际上，并没有其他海豹目睹过捕杀的惨状，这就是为什么科迪克和他的朋友们想法不同。更何况，科迪克是一只非同一般的白海豹。

老希凯奇听了儿子的冒险经历后，说："你应该快点长大，长成和你爸爸我一样的大海豹，在海滩上再有个养育小海豹的窝，那时他们就不会欺负你了。再过五年，你就应该有能力为自己而战了。"就连他温柔的妈妈玛特卡也说："你永远也阻止不了屠杀的。去海里玩吧，科迪克。"科迪克去了，跳起了火焰舞，心情却很沉重。

那年秋天，他尽早离开海滩，独自出发了，因为他的小圆脑袋里已经有了个打算。他要去找海牛，如果大海里有这么个家伙的话。他还要去找一个安静的岛，那里有美好坚实的海滩可以让海豹居住，而且人类找不到。他独自到处探索，从北太平洋找到南太平洋，一天一夜甚至能游四百八十公里。他经历的冒险说也说不完，其间九死一生，差点被姥鲨、斑点鲨和双髻鲨捉住。他还遇见过所有在海里到处游荡、不可靠的恶棍，身体笨重但很有礼貌的鱼，还有红斑扇贝，那些扇贝在一个地方停留了几百年，对此非常骄傲；可他从没见过海牛，也没有发现一个让他满意的岛。

如果他找到了一处海滩，美好又坚实，后面还有斜坡可以让海豹们玩耍，那么，目力所及的远处就总是能发现一只捕鲸船，冒着黑烟，煮着鲸油，科迪克很清楚那意味着什么。有时，他看出海豹曾经来过某个岛，可是后来应该都被杀光了。科迪克知道，人类只要来过一次，就还会再来。

他认识了一只短尾巴的老信天翁，他告诉科迪克，凯尔盖朗岛才是又安全又宁静的地方。但等科迪克到了那里，却遇上一场电闪雷鸣的大冻雨，他差点就在危险的黑色悬崖撞个粉身碎骨。然而，当他顶着大风离开这里的时候，他看出这里也曾经有过哺育小海豹的窝。他去过的其他海岛也都是这样。

利莫辛列了一长串海岛的名字，他说科迪克花了五年的时间寻找，每年只在诺瓦斯托什那休息四个月。每到那时，霍卢施基们就会嘲笑他和他想象的海岛。他去过加拉帕戈斯，赤道上一个干燥得可怕的地方，差点在那儿被烤焦；他去过佐治亚群岛、奥克尼群岛、翡翠岛、小南丁格尔岛、戈夫岛、布韦岛和科洛塞群岛，他甚至还到过好望角南边一个斑点大的小岛。但是不管去哪儿，海里的居民告诉他的都是相同的事情。以前海豹曾经来过这些岛，但是人类把他们都杀光了。他甚至游了好几千公里，游出了太平洋，来到一个叫科连特斯角的地方（那是他从戈夫岛游回来的时候路过的）。在那儿，他看到几百只脏兮兮、长了疥癣的海豹待在一块岩石上，他们竟然还是告诉他人类也来过了。

他的心都要碎了，决定绕过合恩角回自己的海滩。北上的途中，他在一个处处绿林的小岛上了岸，在那里他发现了一只年纪特别苍老、奄奄一息的海豹。科迪克捕鱼给他吃，还向他倾诉了自己的烦恼。科迪克说："现在我要回诺瓦斯托什那了，以后哪怕我和霍卢施基一块儿被赶到屠宰场，我也无所谓了。"

老海豹说："再试一次吧。我是这片群栖地上玛撒弗埃拉家族的最后一只海豹了。在人们动不动就几十万地屠杀我们的日子里，海滩上流传着一个故事，说有一天一只白海豹会从北方过来，把海豹们领到一个安宁的地方。我太老了，活不到那一天了,但是其他海豹可以。再试一次吧。"

科迪克听了,翘起胡须(那胡须很漂亮),说道:"我是海滩上出生的唯一一只白海豹,而且不管是黑海豹还是白海豹,我是所有海豹里唯一一想到要去寻找新海岛的。"

老海豹的说法大大地鼓舞了他。那年夏天,他回到诺瓦斯托什那以后,母亲玛特卡恳求他快点结婚安定下来,因为他已经长大成年,不再是个霍卢施基了。他的两肩覆盖着卷曲的白色鬃毛,他像他父亲一样高大威猛。"再让我等一年吧,"他说,"妈妈,要知道,总是到第七个浪头才能打到海滩上最远的地方。"

说也奇怪,还有这么一只海豹,也认为她可以再等一年才结婚,科迪克出发进行最后一次探索的前一晚,就和她在卢坎农的海滩上跳了一整夜火焰舞。这次他向西而行,因为他追踪上了一大群比目鱼。为了保持良好的身体状态,他一天至少需要四十五公斤鱼。他一直追着这些鱼直到疲惫不堪,然后蜷起身子,躺在涌向考珀岛的浪窝里睡了。他对这里的海岸了如指掌,因此,当午夜时分他感觉自己轻轻地撞上一块长满海草的海床上时,说:"哼,今晚的潮水还真汹涌呀。"他在水底翻了个身,慢慢睁开眼睛,舒展了身体。这时,他突然像只猫一样跳了起来,因为他看见海滩的浅水里有些巨大的家伙在搜寻着什么,还吃起了边上浓密的海草。"我的天哪!"他嘀咕道,"这些在深海里的是什么东西?"

他们不像海象,不像海象、海狮、海豹、熊、鲸、鲨、鱼、乌贼或者扇贝,不像任何科迪克之前见过的动物。他们有六到九米长,没有后鳍,却有一条铲子式的尾巴,看起来像用湿皮革削成的。他们的脑袋估计是你见过的最蠢的样子。他们不吃草的时候,就用尾巴底端在深海里保持平衡,彼此认真地鞠躬,并且挥动他们的前鳍打招呼,就像胖男人挥着手臂一样。

"咳咳!"科迪克说,"吃得还顺利吧,先生们?"那些大家伙以鞠躬作答,像青蛙仆人似的挥舞着前鳍。他们又开始吃起东西来时,科迪克看出,他们的上唇是裂成两半的,可以分开三十厘米,能咬进整整三十六升的海草,再合上裂口。他们把这些海草统统塞进嘴里,一本正经地大口嚼。

"这吃法可够邋遢的。"科迪克说。他们又开始鞠躬,科迪克忍不住要发火了。"很好,"他说,"就算你们的前鳍多长了一个关节,你们也没必要这么炫耀吧。我知道你们能够优雅地鞠躬了,但我现在只想知道你们的名字。"他们裂开的嘴唇抽动着,绿眼睛呆滞地瞪着科迪克,还是不说话。

"行!"科迪克说,"你们是我见过唯一比希维奇还丑的家伙——而且也更没礼貌。"

他说出这话的瞬间突然想起来,在他还是一岁小孩时,海象岛上的北极鸥曾经尖叫着对他说的话。他赶忙又爬回海水里,因为他知道他终于找到海牛了。

海牛继续在海草丛中撕扯、吞食,大块嚼着海草。科迪克用在冒险途中学来的各种语言向他们提问:海底居民的语言种类几乎和人类的一样多。但海牛总是不回答,因为海牛不会说话。他们的脖子上本该有七块骨头,可实际上只有六块。据说因为这个,他们在海底甚至都没法和同伴交流;不过,你要知道,他们的前鳍上多了一节骨头,因此他们可以上下挥动前鳍作为回答,看起来像是在笨拙地发出电码。

到天亮时,科迪克被气得鬃毛竖了起来,他的好脾气也磨没了。这时,海牛开始缓慢地向北行进,不时停下来用可笑的鞠躬方式讨论,科迪克跟在他们后面,嘀咕道:"像这些白痴，如果不是找到某个安全的海岛，早就得被杀光了；适合海牛住的地方，海豹应该也能住。不管怎么说，我就希望他们能快点走。"

跟着海牛对科迪克来说实在太累了。海牛们一天赶路从来超不过八十公里，到晚上就停下来觅食，而且总是沿着海岸边上走；不论科迪克怎么在他们身边绕来绕去，不管是在他们头顶上，还是在他们下面游，都没法让他们走快哪怕八百米路。等到了更北边的时候，他们每隔几小时便凑在一起开鞠躬大会商量事情，科迪克不耐烦得差点把胡须都咬掉了。后来他才发现，海牛其实是在跟着一股暖流前进，这才开始钦佩起他们的智慧来。一天晚上，他们沉进了一块闪闪发光的水域，像石头一样沉入水中——这是自打科迪克认识海牛以来，他们第一次加快脚步。科迪克跟在后面，他们的速度快得让他感到惊讶，他从没想到海牛的游泳技术这么好。他们朝岸边的一座峭壁游去，峭壁的底部深深插入海里。他们钻进峭壁底部离海面三十六米的一个黑漆漆的洞穴。他们把科迪克带进了这个黑色的隧道，游了很久很久。还没穿过隧道前，科迪克就难受得特别想呼吸一下新鲜空气。

"我的天哪!"他终于游到了另一头,呼哧呼哧大口喘着气说,"这一趟在水底游得可真久,但也值得。"

海牛们已经散开,在海滩边吃着海草。这是科迪克见过的最美好的海滩。这儿有一望无际的、磨得光滑的岩石,绵延数百米,正适合哺育小海豹。岩石后面,有一片坚实的沙地,倾斜着伸进内陆,可以作为游乐场;这里还有大浪头可以让海豹在上面跳舞,有可以让海豹打滚的茂密海草,还有可以爬上爬下的沙丘;最棒的是,科迪克从海水的味道可以确信,人类从没有到过这里。这一点,真正的海豹是不会弄错的。

他做的第一件事就是弄清楚这儿是否方便捕鱼,然后沿着海滩游过去,愉快地数了数在翻滚的迷雾中隐藏了多少半隐半现的沙滩低地。再往北去,海域之外是一连串的沙洲、浅滩和岩礁,因而任何船只都没法开进离海滩九公里以内的地方;在小岛群和这片陆地之间有一片深水区,一直延伸到垂直的峭壁,悬崖下面某个地方就是那条隧道的出口。

"这儿简直就是另一个诺瓦斯托什那,不过比它还要好上十倍,"科迪克说,"海牛肯定比我想的更有智慧。人类没

丛林之书

法从峭壁上下来，而且水下沙洲会把开往这里的船撞成碎片的。如果说大海里有什么安全的地方，那就是这儿了。"

他开始想念留在家里的伙伴。虽说他急于回到诺瓦斯托什那，但他还是仔细查看了这块新家园，以便回去后能解答大家可能向他提出的所有问题。

然后他潜进海水里，确认好隧道出口，便迅速向南游去。除了海牛和海豹，其他人做梦也不会想到会有这么一块地方，科迪克回头望向峭壁，他也很难相信自己曾经游到过这个峭壁下面。

他已经尽快游了，但还是花了六天才赶回家。当他从海狮颈那儿上岸时，遇见的第一个同伴就是那只一直在等着他的海豹，她从科迪克眼里看出，他最终找到了想找的岛。

但是当他把自己的发现告诉那些霍卢施基、他的父亲希凯奇以及其他海豹的时候，他们全都嘲笑他。一只和他年纪相仿的年轻海豹说："这地方听着不错，科迪克，但是你不能从一个谁也不知道的地方跑过来，然后让我们就这么跟你走。你要知道，我们可是为了我们哺育小海豹奋斗过的，可是你却没有。你只知道在海里到处乱跑。"

其他海豹也嘲笑他这一点，那只年轻的海豹开始摇头晃脑的。这一年他刚刚结婚，正想借此做做文章。

"可是我不需要为哺育海豹的窝战斗呀，"科迪克说，"我只想带你们去一个很安全的地方。光在这儿打架抢窝有什么用？"

"哦，假如你想退缩的话，我当然没有什么话可说了。"那只年轻的海豹不怀好意地嘻嘻笑着说。

"假如我打赢了，你跟我去吗？"科迪克问道。他气得眼里已经射出绿光来，因为他现在不得不打一架了。

"很好，"年轻的海豹不屑地说，"假如你打赢了，我就去。"他没有时间改变主意了，因为科迪克的头已经伸了过来，牙齿咬进了年轻海豹的脖子。接着他朝后一蹲，把对手拽到海滩上，使劲摇晃他，把他打倒在地。然后，科迪克对海豹们吼叫道："过去五年，我为你们费尽心力。我给你们找到了一个安全的海岛。可是，如果不把你们愚蠢的脑袋从脖子上拽下来，你们恐怕是不会相信的。那我现在就教训你们一顿。你们自己小心吧！"

利莫辛每年都能见到一万头海豹搏斗——但他告诉我，

他这短短的一辈子里，从没见过像科迪克那样扑向海豹窝打斗的。他冲着他能找到的最大个儿的海豹扑了上去，咬住他的喉咙，让他喘不了气，又摔又打，直到这只海豹求饶。然后，他甩开这只海豹，再攻击下一只。你要知道，科迪克从来没有像大海豹那样每年禁食四个月，而他的深海之行又使他保持了良好的身体状况。不过最厉害的地方在于，他从来没有打过架。他卷曲的白色鬃毛因为生气而根根直立，眼睛感觉要冒出火来，大犬牙闪光锃亮，神气十足。他的父亲，老希凯奇，看着他猛冲过来，把那些灰白头发的老海豹当成大比目鱼似的推来拽去，那些年轻的单身汉也被他撞得东倒西歪。于是，老希凯奇大吼一声，喊道："他也许很傻，却是海滩上最出色的斗士。别撞到你父亲啦，我的儿子！你父亲我是站在你这边的！"

科迪克吼了一声作为回应。于是，老希凯奇就摇摇晃晃地加入了战斗，他的胡须直立，吼声像火车头的轰鸣。玛特卡和那个要和科迪克结婚的海豹退到一边，崇拜地看着她们的男人们。这是一场了不起的搏斗，父子两人一直打到没有一只海豹敢抬起头来为止。然后，他们父子俩昂首阔步，肩并肩在海滩上走着，威风凛凛，不时吼叫着。

天黑了，北极光透过雾气闪烁发亮的时候，科迪克爬上一块光秃秃的岩石，向下望着打斗过后凌乱的海豹窝和遍体鳞伤、流血不止的海豹们，说："瞧吧，我已经教训了你们一顿。"

"我的天！"老希凯奇挺起他酸痛的腰说道，他身上也被咬得不轻，"就连虎鲸也没法把他们教训成这个样子。儿子，我真为你骄傲，而且，我还要和你一块去你说的那个岛——要是真的有这么个地方的话。"

"听着，你们这些海里的肥猪！谁跟我到海牛洞穴的隧道去？快说，不然我又要教训你们了。"科迪克吼道。

海豹群此起彼伏地响起喃喃的嘟哝，好像海滩边潮水上涨又回落的声音。"我们跟你去，"成千个疲惫的声音说道，"我们愿意跟随白海豹科迪克。"

科迪克满意地低下头，缩起肩膀，闭上眼睛。他不再是一只白海豹了，而是从头到尾染成了血红色。可他一点也不屑于去看看或者摸摸伤口。

一周以后，他和他的那支大军（将近一万只霍卢施基和老海豹）往北向海牛洞穴的隧道出发了。科迪克带领着他们,而那些留在诺瓦斯托什那的海豹则叫他们白痴。但是第二年春天,当他们在太平洋的捕鱼场碰面的时候,跟着科迪克的海豹们讲了很多关于海牛隧道那边新海滩的故事,于是,越来越多的海豹离开了诺瓦斯托什那。

当然,迁移工作不是一蹴而就的,因为海豹们并不是什么特别聪明的动物,他们总爱花很长的时间来回盘算。不过年复一年,越来越多的海豹离开诺瓦斯托什那,离开卢坎农海滩,离开其他的海豹窝,去那个安静隐蔽的海滩。每年夏天,科迪克都坐在那些海滩上,一年比一年更高大、更强壮。而那些霍卢施基就在他的周围,在这片人类从未涉足过的海域玩耍。

卢坎农

这首大深海之歌是所有圣保罗岛的海豹

每年夏天回巢时都会唱的。

这是一首有些悲伤的海豹国歌。

清晨遇到了我的同伴（啊，可是我已老迈！）

夏日的岩架，大浪汹涌翻滚而来；

我听到他们齐声合唱，声音盖过拍岸碎浪——

卢坎农海滩——两百万声音齐响。

歌唱盐湖旁宜人的窝巢，

歌唱沙丘旁到处嬉笑打闹，

歌唱大浪翻滚一如火焰的午夜舞蹈——

卢坎农海滩——捕猎者还没来到！

清晨遇到了我的同伴（这么多海豹我头一次见！）

他们成群结队而来，整个海岸黑压压一片。

歌声远远飘到泡沫点点的大海那边，

我们欢呼歌唱开派对，欢迎他们登陆此岸。

卢坎农海滩——冬麦已长高很多——

苔藓在海雾中湿透皱缩！

我们玩腻了的嬉戏之地，光洁闪亮！

卢坎农海滩——我们长大的地方！

我在清晨遇见了同伴，队伍散乱。

我们在水里遭射杀，在岸上遭棒打；

乖乖随人去盐屋,像愚蠢的绵羊跟着跑,

我们还歌唱着卢坎农海滩——捕猎者还没来到。

转向吧,转向吧,三趾鸥,往南方去!

告诉深海总督我们的遭遇;

不久后,卢坎农海滩,

将如暴风雨后岸边破碎的鲨鱼蛋,

再见不到海豹的子孙后代!

"里基·提基·塔维"

红眼睛猫鼬走进的洞穴口,叫住皱皮肤眼镜蛇。

听听小红眼睛要说什么:

"纳格,起来与死亡跳个舞啊!"

当头脑碰撞,互视瞋目,

    (保持距离,纳格)

若一方死掉,战斗结束;

    (如你所愿,纳格)

转来转去,扭来扭去——

    (快跑,快藏起来,纳格)

哈!带兜帽的死神失了手!

    (你要倒霉了,纳格)

这个故事讲述的是里基·提基·塔维单枪匹马进行的一次伟大战斗,地点是塞格利军营驻地大平房的浴室。缝叶莺达尔齐是他的帮手;从不敢走到房中央、一直贴墙角爬的麝鼠丘纯德拉是他的参谋。但是，真正战斗的其实只有里基·提基·塔维自己。

他是只猫鼬，皮毛和尾巴像只小猫，但头和习性却像鼬鼠。他的眼睛和永远动个不停的小鼻子都是肉粉粉的。只要他高兴，他能用任何一条腿，不管前腿还是后腿，挠身子的任何地方。他还会抖松他的尾巴，把它整理得像瓶刷似的。他狂奔过长长草地时喊出的战斗口号是："里克——提克——提基——提基——塔克！"

一天，盛夏的一场大洪水把他从他和父母共同居住的地洞里冲了出来。雨水裹挟着他往路边的水沟里冲，他踢着腿，咯咯叫着。他看到有一小捆草漂在那儿，就紧紧地抓住，直到失去了知觉。等他苏醒过来，发现自己正躺在大太阳底下，一条花园小径的中央，全身湿透了，都是泥污。一个小男孩正在说话："这里有只死猫鼬，我们把他葬了吧。"

"别，"他妈妈说，"我们把他带进屋里，给他擦干。说不定他还没死呢。"

他们带他进了屋。一个高个儿男人用拇指和食指把他拎了起来,说他还没有死,只是呛了水。于是,他们用棉绒线把他包起来,放到小火堆上给他烤暖和。他睁开眼睛,打了个喷嚏。

"好了,"高个儿男人说(他是一个刚搬到这个军营驻地的英国人),"别吓到他了,我们先看看他要干吗。"

要吓到猫鼬可是世界上最难的事了,因为他们从鼻子到尾巴都对所有事充满好奇。猫鼬家族的座右铭是:"快过去看看什么事。"里基·提基可是只名副其实的猫鼬。他看看棉绒线,觉得这个东西不好吃;然后绕着餐桌转了一圈,又坐下来把毛发理顺,挠挠痒,一会儿又蹦到小男孩的肩上。

"别害怕,特迪,"他爸爸说,"这就是他交朋友的方式。""哎哟!他在挠我的下巴。"特迪喊道。里基·提基往男孩的衣领和脖子中间瞅,又嗅嗅他的耳朵,然后又跳到地板上,坐那儿揉鼻子。"天哪,"特迪的妈妈说,"这可是只野生动物,却这么温顺,我猜肯定是因为我们对他很友善。""所有的猫鼬都这样,"她丈夫说,"如果特迪不拎他的尾巴,或者想把他关进笼子里,他估计会整天在屋子里跑进跑出的。我来给他点东西吃吧。"他们给了他几小块生肉,里基·提基特别喜欢。吃完后,他跑到游廊上,坐下晒太阳,他抖松身上的毛,确保里面也能晒到。这下,他感觉舒服多了。

"这屋子好多东西可以瞧,"他对自己说,"比在我家里一辈子能看的东西还多。我一定要留下来看个够。"

那天,他花了一整天的时间在屋子里闲逛,还差点淹死,不是掉进了浴缸,就是把鼻子伸进写字台上的墨水瓶里。他想爬到那个高个儿男人的腿上看他怎么写字,结果又差点被那人的雪茄烟烧着。夜幕降临时,他闯进特迪的小屋,想观察一下煤油灯是怎么点亮的。特迪上床睡觉了,里基·提基也爬到了床上。但他可不是个能闲下来的小伙伴,整个晚上他一有动静就爬起来,要搞清楚是什么发出的声音。特迪的爸爸妈妈最后一次进来看他的时候,里基·提基正在枕头上,还没睡。"我不喜欢这样,"特迪的妈妈说,"他可能会咬到孩子。""不会咬孩子的,"他爸爸说,"比起让大猎犬看着,特迪跟这个小家伙在一起更安全。如果有蛇进入特迪的房间——"

但特迪的妈妈可没有料想到真会有这么糟糕的事情发生。

一大早,里基·提基就骑在特迪的肩上到游廊吃早餐,他们给他一根香蕉和一个煮鸡蛋。他坐在大家的腿上,挨个儿坐一遍，因为每个有良好教养的猫鼬都希望有一天能够成为一只家养猫鼬，有屋子可以到处跑。里基·提基的母亲（她曾住在塞格利一位将军家）认真地告诉过里基，万一他碰上了白人要怎么做。

然后，里基·提基跑到了花园，想搜寻看看有没有什么值得瞧的。这是一个很大的花园，只开垦了一半，里面有像凉亭一样高大的灌木，栽种了尼尔元帅玫瑰、酸橙树、橘子树，还有小竹林和高高的草丛。里基·提基舔了舔嘴唇说道："这真是块绝佳的狩猎地。"想到这里，他兴奋地把尾巴抖成了一个蓬松的瓶刷子。他在花园里来回跑，嗅嗅这儿闻闻那儿，直到他听见荆棘丛里传来的悲伤哭喊。

原来是缝叶莺达尔齐和他的妻子。他们把两片大树叶拉到一块儿，用纤维把树叶的边缝在了一起，中间填上棉絮和绒毛，做成了一个漂亮的鸟巢。鸟巢挂在枝头摇晃，他们就坐在边上哭。

"你们怎么啦？"里基·提基问。"我们太惨了，"达尔齐说，"昨天，我们有个孩子从窝里掉下去，纳格把他给吃了。"

"天！这是挺可怜的——不过，我刚来这儿不清楚，纳格是谁呀？"里基·提基问。

达尔齐和他的妻子只是缩到鸟巢里面，不敢回答，因为灌木丛底下厚草堆里传来了低低的咝咝声——这个可怕冰冷的声音让里基·提基吓得往后蹦了差不多半米。而后，两厘米两厘米地，草地里显露出大黑眼镜蛇纳格的头和颈部的兜帽。从舌尖到尾巴，纳格身长一米半。此时，他已将三分之一的身体抬离了地面，摇晃着保持平衡，就像风中的蒲公英。他用邪恶的蛇眼打量着里基·提基。不管蛇在想什么，他们的神情总是不变的。

"谁是纳格，"他说，"我就是纳格。第一条眼镜蛇为正在睡觉的大梵天王展开兜帽遮挡太阳，伟大的梵天就在我们家族的身上留下了记号。瞧瞧，害怕吧！"

说着，他把兜帽延展得更宽了。里基·提基看见了他背上那处非同寻常的记号，就像钩眼扣的扣眼一样。他确实害怕了一小会儿，不过让一只猫鼬一直害怕什么东西是不可能的。虽然里基·提基以前没见过活的眼镜蛇，但他妈妈曾给他吃过死的眼镜蛇。而且，他知道一个成年猫鼬一生的主要事业就是和蛇战斗,然后吃掉蛇,纳格也知道这一点。所以在他冰冷的内心深处,纳格还是害怕的。

"行吧,"里基·提基说,他的尾巴又一次蓬松起来了,"不管有没有记号,你说,吃掉一只掉到鸟巢外面的幼鸟,你觉得合适吗?"

纳格正暗自盘算,注意观察着里基·提基身后草丛里极其细微的动静。他知道花园里有只猫鼬意味着他和他的家族迟早会死。不过,他还是试着想让里基·提基放松警惕。于是,他把头低了低,并歪向一边。

"我们谈谈吧,"他说,"你可以吃鸡蛋,为什么我就不能吃鸟呢?"

"你后面!当心身后!"达尔齐喊道。

里基·提基知道最好还是不要浪费时间回头看,他尽可能高地跳起来,纳盖娜——纳格邪恶的妻子——的脑袋,嗖的一下从下面扑了过来。纳盖娜在里基·提基说话时,悄悄爬到他的身后,想趁机咬死他。里基·提基听到纳盖娜一击未中后发出的恶狠狠的咝咝声。他跳下来的时候,差点砸到她背上。如果他是只年纪长些的猫鼬,他就应该知道,那是他一口咬断她后背的最好时机；但他害怕眼镜蛇会掉过头，把尾巴可怕地抽过来。他的确咬了一下，但咬的时间不够长，随后便一跳躲过了扫过来的尾巴。被咬伤的纳盖娜在原地怒不可遏。

"可恶，可恶的达尔齐！"纳格叫道，把尾巴尽量抬高，向荆棘丛里的鸟巢用劲鞭打。但是达尔齐把窝筑在了蛇够不到的地方，纳格的抽打也只是让鸟巢在空中晃动而已。

里基·提基感觉自己的眼睛变得又红又热（当一只猫鼬的眼睛变红时就意味着他生气了）。他像只小袋鼠一样坐在自己的尾巴和后腿上，环视周围，愤怒地吱吱叫。但是纳格和纳盖娜已然消失在草丛中了。如果一条蛇一击失败，他不会说什么，也不会给出信号表明他下一步的打算。里基·提基不想追上去，因为他不确定自己能否一次对付两条蛇。于是，他小跑到屋子旁的石子路上，坐下沉思。这对他来说可是一件重要的事。

如果你读一些关于自然历史的老书，你会发现书上说，猫鼬和蛇打斗时，如果碰巧被咬，他会逃开去吃一些药草来治疗。其实，这不是真的。蛇鼬战斗胜利的关键就是眼疾或脚快——蛇类突袭而猫鼬跳开——因为蛇出击时，根本没有谁的视线能够跟得上蛇头的运动,这本身就比什么神奇药草更令人惊叹。里基·提基知道自己还很小,因此一想到自己躲过了蛇从背后发起的攻击,就非常激动。这让他有了自信,所以当特迪从小路跑过来时,里基·提基已经准备好接受爱抚了。

然而,特迪弯下腰时,土堆里有什么东西轻轻扭动了一下,一个微小的声音说:"小心点,我可是死神!"那是卡莱特,一种蒙满灰尘的棕色小蛇,他们喜欢待在尘土里。被他咬一口跟被眼镜蛇咬了一样危险。不过由于他体形很小,没人会注意到他,所以他对人类来说其实更危险。

里基·提基的眼睛再次变红了,他用家族流传下来的一种摇摆姿势跳向卡莱特。这动作虽然滑稽,却很好地保持了步子的平衡,他可以自由地从任何一个角度跳出去发起攻击,在和蛇对抗的时候这是一种优势。

但是里基·提基不知道,他现在所做的事比和纳格战斗还要危险得多。因为卡莱特体形非常小,能够迅速转身,所以除非里基在靠近蛇头的背部咬上一口,不然他的眼睛或嘴唇会很容易遭到反击。然而,里基对此一无所知。他完全红了眼,来回摇摆着,寻找有利位置。卡莱特先出击了。里基跳到一旁,试图从侧面进攻。但是卡莱特邪恶的棕色脑袋突然猛抽过来,差点击中他的肩膀。他不得不跳过蛇身,蛇头尾随而至。

特迪对着屋子里大喊:"喂,快看这儿!我们的猫鼬正在杀蛇呢。"随后,里基·提基听到了特迪妈妈发出的一声尖叫。他爸爸拿着一根棍子跑出来,但等他跑过来时,卡莱特已经猛冲出去很远了,里基·提基一跃骑到了蛇背上,将头低到两条前腿中间,在他能够得着的蛇背最高处狠咬了一口,随即滚到一边。那一口咬得卡莱特无法动弹。里基·提基正要按照他们家族的饮食习俗,从尾巴开始把他吃掉,但他突然想起,一顿饱餐会使猫鼬行动变迟缓;如果他想随时都有充足的体力并保持足够敏捷的话,他就必须保持体形。

他跑到蓖麻丛下洗了个泥土浴,而特迪的爸爸在抽打死去的卡莱特。"他还打什么啊?"里基·提基想,"我都已经把他解决了。"特迪的妈妈把他从泥土中抱起来,抱着他,哭着说是他救了特迪的命。特迪的爸爸说他的到来真是上天的旨意,而特迪则瞪大惊恐的双眼看着这一切。里基·提基看到他们大惊小怪的样子感到很好笑,当然了,他其实也并不理解这是怎么回事。如果特迪在土里玩,他妈妈可能也会这样爱抚地拍拍他吧。里基觉得非常享受。

当晚吃饭的时候,里基在桌子上的红酒杯间走来走去。他本来完全可以往肚子里塞比平时多三倍的美食,可他却惦记着纳格和纳盖娜。虽然接受特迪妈妈的轻拍、爱抚,坐在特迪的肩膀上都令他非常舒服,他的眼睛却还是不时地变红,突然喊出他那长长的战斗口号:"里克——提克——提基——提基——塔克!"

特迪把他抱上床,坚持让里基·提基躺在他的下巴底下。里基·提基接受过良好教育,不会咬人或是挠人;但一等特迪睡着了,他就跳下床,绕着屋子例行夜巡。黑暗中,他碰到了正沿着墙壁慢慢爬的麝鼠丘纯德拉。丘纯德拉是只伤了心的小家伙,整晚都在呜咽啜泣,吱吱地叫个不停,想下定决心跑到屋子中间去。但他从来也没到过那儿。"别杀我,"丘纯德拉几乎是哭着说,"里基·提基,别杀我。""你觉得一只捕蛇的猫鼬会吃麝鼠吗?"里基·提基不屑地说。"那些猎蛇者最后都被蛇所杀,"丘纯德拉更加悲伤地说,"而且,我怎么能确定在黑黢黢的夜里,纳格不会把我错当成你杀了呢?"

"并不存在这种危险,"里基·提基说,"纳格在花园里，我知道你不会去那儿的。"

"我的堂兄老鼠丘尔告诉我——"丘纯德拉说了一半停下了。

"告诉你什么？"

"嘘！纳格可能就在周围，里基·提基。你应该在花园里和丘尔聊过了吧。"

"我没有——所以你得告诉我。快点，丘纯德拉，不然我咬你了。"

丘纯德拉坐下大哭，眼泪都从胡须上掉了下来。"我很可怜的，"他抽泣道，"我一直都不敢跑到房间中央去。嘘！我不该告诉你任何事情的。你能听见我说的吗，里基·提基？"里基·提基认真听着。房间里一片寂静，但他觉得自己捕捉到了这个世界上最微弱的抓挠声，像是黄蜂在窗玻璃上爬的这种微弱响声。这是蛇爬过砖墙，鳞片剐蹭发出的沙沙声。"不是纳格就是纳盖娜，"他自言自语道，"他正往浴室下水道里爬。你说得对，丘纯德拉，我应该去找丘尔谈谈的。"他蹑手蹑脚地溜进特迪的浴室，但是那儿并没有什么，接着他又去了特迪妈妈的浴室。光滑的灰泥墙根处，有一块砖被抽了出来，做成了浴室放水的水闸口。里基·提基悄悄地从放澡盆的砖石旁边溜过去，听到了纳格和纳盖娜在外面月光下的窃窃私语。

"等这个屋子没人的时候，"纳盖娜对她丈夫说，"他就不得不走了，然后这个花园就又是我们的啦。偷偷溜进去，记住，先咬那个杀了卡莱特的高个儿男人。然后出来告诉我，我们一起去杀里基·提基。"

"但是，你确定杀了人对我们有任何好处吗？"纳格问。

"好处多了去了。以前这个小屋不住人的时候，我们在花园里碰到过猫鼬吗？只要屋子没人住，我们就是花园里的国王和王后。要知道，等我们瓜地里的蛋孵出来（可能明天他们就会孵出来了），我们的孩子需要地方住，需要安宁的生活。"

"我倒没想到这些。"纳格说，"那我去，但是之后我们就没必要杀里基·提基了。我会杀了那个高个儿男人和他妻子，如果可能的话，连带着他们的孩子也咬死，然后悄悄溜走。之后这房子就不会有人住了，里基·提基也就走了。"

听见这话，里基·提基怒火中烧，恨得牙根痒痒。接着，他看到纳格的脑袋从水闸口里伸出来，然后是他一米半长的冰凉身体。尽管怒不可遏，但里基·提基看到大眼镜蛇巨大的身躯时,还是非常害怕的。纳格把身体蜷起来,抬起头,看着黑暗中的浴室。里基·提基看到他眼睛里闪着光。

"如果我现在在这儿就杀了他,纳盖娜会知道的;如果我在开阔的地板上跟他搏斗,他又占了优势。怎么办呢?"里基·提基思索着。

纳格来回摆动身体。接着,里基·提基听到他在那个给澡盆添水的大水罐里喝水。"水不错,"纳格说,"卡莱特被杀的时候,那个高个儿男人手里拿着一根棍子。他现在可能还留着那棍子,但他早上来洗澡的时候肯定不会带。我就在这里等他进来。纳盖娜,你听到我说话没有?我会在这个凉快的地方等到天亮。"

外面没有回应,里基·提基就知道纳盖娜已经走了。纳格将身体沿着大水罐底部凸起的地方盘绕起来,里基·提基则像死了一般在原地一动不动。过了一小时,他开始一点点向水罐移动。纳格睡着了,里基·提基观察着他的大后背,琢磨哪儿是下嘴的最佳位置。"如果我第一跳没有咬断他的背,"里基想,"他就还能打。如果那样的话——噢,里基!"他看到眼镜蛇颈部兜帽下的粗脖子,这对他来说太粗了。但如果一口咬在尾巴附近，恐怕只会激怒纳格。

"一定要咬头，"他最后下定决心，"兜帽上面的头。一旦咬住，我一定不能让他跑了。"

于是，他纵身一跳。蛇头离水罐顶有一点距离，就在水罐曲面下边。咬住蛇头后，里基把背紧紧抵靠在大水罐凸肚处，以便使劲咬住蛇头。他只能借此争取一秒钟的时间，不过他充分地利用了这时间。然后他就被纳格上下来回转着圈地甩，就像被狗摔在地板上甩来甩去的老鼠一样。但是他两眼发红，紧咬不松口。蛇身在地板上像赶马车的鞭子一样抽打，长柄锡勺、肥皂盒和洗澡刷都给砸掉了，还梆地撞到了澡盆的锡边。里基的两颚越咬越紧，因为他已认定自己会被这么摔死的。为了家族荣誉，他希望人们看到他到死也没松口。他感觉头晕目眩，浑身疼痛，觉得自己要被砸成碎片了。这时，他听到身后一声雷霆般的巨响。一阵热浪让他失去了知觉，红火焰烧着了他的毛。原来是那个高个儿男人被动静吵醒了，拿着双管猎枪对着纳格颈部兜帽的背面开了一枪。

里基·提基合上了双眼，因为他现在确信自己一定是死了。但是他发现蛇头不再动了，那个高个儿男人把他拎起来，说："爱丽丝，又是猫鼬这个小家伙救了我们的命。"

这时，特迪的妈妈才脸色煞白地走进来，看看纳格的尸体。里基·提基拖着疲惫的身子来到特迪房间，后半夜他有一半时间都在不停地轻轻摇晃自己，想确认自己是不是真的像想象的那样，摔成了四十块。

清早醒来，他浑身酸痛。不过，他对自己昨晚上的壮举非常满意。"下面我该解决纳盖娜了，她可比五个纳格还难对付，也不知道她所说的小蛇什么时候孵出来。天哪，我必须去见见达尔齐。"他说。

没等吃早饭，里基·提基就跑去了荆棘丛下。达尔齐正用最大的嗓门唱着胜利之歌。纳格死掉的消息传遍了整座花园，因为清洁工已经把他的尸体扔进了垃圾堆里。

"哎，你这个浑身羽毛的笨蛋！"里基·提基气哼哼地说，"现在是唱赞歌的时候吗？"

"纳格死了——死了——死了！"达尔齐唱道，"勇士里基·提基紧紧咬住了他的头。高个儿男人拿来了砰砰响的棍子，纳格一下碎成了两段！他再也不能吃我的孩子了。"

"这些都没错，可是，纳盖娜在哪儿呢？"里基·提基说，仔细地观察周围。

"纳盖娜去浴室的水闸喊纳格，"达尔齐继续说，"结果，纳格被一根棍子挑着出来了——清洁工用棍子头把他挑起来，扔到垃圾堆上了。让我们为了不起的红眼里基·提基唱赞歌吧！"达尔齐深吸一口气，唱了起来。

"要是我能够着你的鸟窝，就把你的孩子全摇下去！"里基·提基说，"你真是不知道什么时候该干什么。你的窝现在是安全了，可我却要在下面殊死搏斗。你能不能停一分钟，别唱了，达尔齐。"

"为了伟大、美丽的里基·提基，我不唱了，"达尔齐说，"什么事，噢，杀了可恶纳格的勇士？"

"我问你三遍了，纳盖娜在哪儿呢？"

"在马厩旁边的垃圾堆上，正为纳格哀悼呢。里基·提基的大白牙了不起！"

"别操心我的大白牙了！你听过她说把蛇蛋放到哪儿了吗？"

"在瓜地里，离墙最近的那头，那里几乎整天都能晒到太阳。她几个星期前藏在那儿了。"

"你不觉得这个才是值得告诉我的吗？你说离墙最近的那头，没错吧？"

"里基·提基，你不是要去吃她的蛋吧？"

"准确地说，不是吃，达尔齐。假如你还有一点脑子，你就飞到马厩旁，假装折了翅膀，让纳盖娜追你，把她引到这片荆棘丛来。我要去瓜地，如果我现在就去，她能看到。"达尔齐这个脑子里塞的都是羽毛的小家伙，一次只能有一个念头，因为他现在只想到纳盖娜要出生的孩子也和自己的孩子一样都是小生命，就觉得现在杀了他们是不公平的。不过，他的妻子是只懂事理的鸟，她知道眼镜蛇的蛋意味着以后会有危险的小眼镜蛇。于是，她飞出鸟窝，留下达尔齐给孩子们保暖，继续唱他的纳格死亡之歌。从许多方面来说，达尔齐和男人很像。

她来到垃圾堆旁，在纳盖娜面前扑扇着翅膀，哭喊道："哎呀，我的翅膀断了！屋里有个小男孩朝我扔石头，砸断了我的翅膀。"然后，她更加拼命地振翅。

纳盖娜抬起头，咝咝说道："我本可以杀了里基·提基的，你却在那时警告了他。没错，你瘸的可真不是地方。"于是，她嗖的一下从尘土里滑了过去，直奔达尔齐的妻子。

"那个男孩用石头砸断了我的翅膀！"达尔齐的妻子尖叫道。

"好吧！在你死之前我让你知道，我会找那个男孩算账的，这对你也算是某种安慰了。我丈夫今早躺在垃圾堆里一动不动了，而今晚之前，那个屋里的男孩也会躺在床上一动不动的。你跑有什么意义？我肯定会抓住你的。小傻瓜，看着我！"

达尔齐的妻子知道最好不要那么做，因为如果一只鸟看向蛇的眼睛，一定会吓得飞不动的。达尔齐的妻子继续扑腾着翅膀，凄惨地悲鸣，飞着但却不离开地面，纳盖娜加快速度跟着。

里基·提基听到她们离开马厩，往小路去了，就飞奔到瓜地靠墙的那边。在暖和的草垫子下，他找到了二十五枚被巧妙藏匿的蛇蛋，和矮脚鸡的蛋差不多大，却没有壳，只有白色蛋皮。

"我来得正是时候，"他说，因为他已经能看到在蛋皮里面蜷缩着的小眼镜蛇了。他知道，一旦这些小蛇孵出来，就有可能杀掉一个人或者一只猫鼬。他飞快地咬开蛋壳顶部,小心地将小蛇压死,然后不时翻找草垫,看还有没有漏的蛇蛋。最后只有三枚蛋了,里基·提基咯咯笑了起来,这时他听见达尔齐的妻子大叫道:"里基·提基,我把纳盖娜引到房子这儿了,她已经进游廊了,啊,快过来——她要杀人了!"

里基·提基压碎了两枚蛋,嘴里衔着第三枚蛋往后一滚。出了瓜田,一到地上,他就赶紧往游廊狂奔。特迪和他妈妈爸爸应该正在吃早饭,但是里基·提基看到他们好像并没有在吃东西。他们只是像石头一样呆坐着不动,面色苍白。纳盖娜就蜷在特迪坐的椅子旁边的垫子上,很容易就能咬到特迪露出的腿。她来回摇晃,唱着胜利之歌。

"高个儿男人的儿子杀了纳格,"她咝咝叫道,"别动。我还没准备好。等一会儿。你们三个,别动!你们动我也会出击,不动我也会出击。呵,愚蠢的人,你们杀了我的纳格!"

特迪的眼睛紧盯着他爸爸,而他爸爸唯一能做的就是低声说:"别动,特迪。你千万别动。特迪,别动。"

这时,里基·提基跑上前来叫道:"转过身来,纳盖娜。转过身来打一架!"

"都凑齐了，"她说道，目光并没有移过来，"我过会儿再和你算账。看看你的朋友们，里基·提基。他们一动也不敢动，面色苍白。他们害怕了，他们一动也不敢动。如果你再往前走一步，我就咬了。"

"去看看你的蛋，"里基·提基说，"靠墙边的瓜地里。快去看看，纳盖娜！"那条大蛇转过一半身子，看到了游廊地上的那枚蛇蛋。

"啊！把它给我！"她说。里基·提基用爪子抓住蛇蛋两边，他的眼睛变得血红。"你会为这枚蛇蛋出多少价？为了这条小眼镜蛇，为了一个眼镜蛇王，或者说是为了保护你那一窝蛋里的最后一枚？蚂蚁正在瓜地里吃其他的蛇蛋呢。"

纳盖娜完全转过身子，为了那枚蛋，她什么都不管不顾了。里基·提基看到特迪爸爸伸出一只大手，抓住了特迪的肩膀，把他从放茶杯的桌子旁拽了过去，让他待在纳盖娜够不着的安全地方。

"上当了！上当了！上当了！里克——提克——提克！"里基·提基咯咯笑着，"男孩已经安全了。昨晚在浴室，是我——我——我咬住了纳格的兜帽。"然后他开始四条腿一起蹦，上蹿下跳，头贴着地面。"纳格把我来回甩，可就是没能把我甩掉。高个儿男人把他打成两半之前，他就已经死了。是我干的！里基·提基——提克——提克！放马过来吧，纳盖娜。过来和我打一架。你马上就不是寡妇啦。"

纳盖娜明白她已失去咬死特迪的机会，而蛇蛋还在里基·提基的爪子那儿。"把蛋还给我，里基·提基，把最后一枚蛋给我，给我我就走，再也不回来了。"说罢，她放下了她的兜帽。

"没错，你会离开，再也不会回来，因为你也要去垃圾堆里陪纳格了。打一架吧，寡妇！高个儿男人去取枪了！打啊！"

里基·提基的小眼睛红得像烧着的煤，在纳盖娜周围准备着，在她攻击范围之外绕圈蹦着。纳盖娜蓄力，猛然向他扑过去。里基·提基跳起来，向后躲。她一次又一次攻击，但每次她的头都重重地摔在游廊的垫子上，然后，她再像手表弹簧一样缩起来；里基·提基却转着圈跳到她身后，纳盖娜又转过向来，和他头对头，她尾巴划过垫子的沙沙声，就好像大风刮起干枯落叶的声音。

他把蛇蛋给忘了。蛋还放在游廊上,纳盖娜逐步接近蛇蛋,最后,在里基·提基喘气的工夫,她叼住了蛇蛋,转身滑到走廊台阶处,箭一般奔向花园小路,里基·提基紧追其后。眼镜蛇逃命的时候,就像抽在马脖子上的鞭子似的。

里基·提基知道他必须抓住她,否则,又要有新一轮的麻烦事。纳盖娜直奔荆棘丛附近的深草,里基·提基追击时听到达尔齐还唱着愚蠢的胜利之歌。但达尔齐的妻子精明得多,纳盖娜跑过的时候,她飞出巢,在纳盖娜头顶上扇着翅膀。如果达尔齐也来帮忙,他们也许能使她转过头来。纳盖娜只是低着兜帽往前跑。不过,这片刻的耽搁就让里基·提基赶了上来。就在纳盖娜要钻进她和纳格住的鼠洞的瞬间,里基的小白牙咬住了她的尾巴,和她一起下了洞——实际上很少有猫鼬,不管多聪明、多有经验,都不敢追一条眼镜蛇追进洞里。洞里黑漆漆的,里基·提基不知道什么时候洞穴会变开阔,纳盖娜才有空间转身袭击他。他狠狠地咬住她不松口,伸出两只脚当刹车,好让他在黑暗洞穴潮湿又炎热的土坡上停下来。

接着,洞口边的草丛不再摆动。达尔齐说:"里基·提基完蛋了!我们得为他唱支死亡之歌了。勇士里基·提基死了!纳盖娜肯定是在地底下杀了他。"

他即兴编了一首非常悲伤的歌唱了起来。正当他唱到最动情的部分,洞口的草又开始晃动了。里基·提基浑身是土,舔着胡须,一步步拖着身子走出洞口。达尔齐惊叫一声,歌声停止了。里基·提基甩甩毛上面的尘土,打了个喷嚏。"结束了,"他说,"寡妇再也不会出来了。"住在草茎间的红蚂蚁听见后,开始成群结队一批批下到洞穴,看看他说的是不是真的。

里基·提基蜷着身子在草地里直睡到傍晚,因为已经完成了一天艰苦的工作。

"嗯,"他醒来后说,"我要回屋子里去,告诉小铜匠和达尔齐,他们会向花园的动物们宣布纳盖娜死了的消息。"

小铜匠是一只鸟,他说话就像小锤子砸铜锅的声音;他总发出这种声音是因为他是所有印度花园的播报员,需要广播消息给所有想听的居民。里基·提基走上小路,听到小铜匠说"注意了"的声调就像小小的晚餐铃,接着是持续的播报:"叮——当——咚!纳格死了——当!纳盖娜死了!叮——当——咚!"整个花园的鸟儿都沸腾了,他们唱了起来,青蛙也呱呱叫好，因为纳格和纳盖娜以前也吃过青蛙和小鸟。

等里基回到房子，特迪、特迪妈妈（她依然面色苍白，因为刚刚晕过去了）和特迪爸爸都出来迎接他，抱着他差点哭出来。那天晚上，他吃了所有为他准备的东西，直到再也吃不下为止，然后回到床上躺在特迪的肩膀上睡着了。特迪妈妈很晚进来看他的时候，他还躺在那儿呼呼大睡呢。

"他救了我们的命，救了特迪的命啊，"她对丈夫说，"你想想，他真的救了我们全家。"

里基·提基被声音惊醒，跳了起来。猫鼬的睡眠很浅。

"啊，是你们！"他说，"你们还在担心什么？所有的眼镜蛇都死了。就算没死，也还有我在这儿呢。"

里基·提基有资格为自己感到自豪。不过，他也没有过于骄傲。他履行着猫鼬的工作职责，守护着花园。凭借着锐利的尖牙、强大的弹跳和撕咬能力，确保之后再也没有眼镜蛇敢在围墙内探出脑袋。

达尔齐的颂歌

为纪念里基·提基·塔维而唱

我是歌手,也是裁缝——

我能体会双倍的愉悦——

我自豪我优美的歌声响彻云霄,

我自豪我灵巧的双手编织鸟巢——

天上地下,就这样我谱写乐曲——就这样我编织鸟巢。

我再为你们雏鸟歌唱,

鸟妈妈,噢,抬起你的头!

祸害我们的恶魔已被屠戮,

死神的尸体就在那花园处。

玫瑰丛里潜藏的危机解除了——被扔到粪堆上,死掉了!

是谁拯救了我们,是谁?

告诉我他的姓名和住处。

里基,是那个真正的勇士,

提基,有着火焰般的眼眸,

里基·提基·塔维,象牙般的利齿,火焰般眼眸的猎手!

为他送上鸟儿的感谢,

展开尾羽向他鞠躬!

用夜莺的歌声表达称颂——

不,我要自己感谢他的恩惠。

听!我要为你唱首颂歌,

长着瓶刷尾巴的里基,

眼睛发红的里基!

(唱到这儿,里基·提基把他打断了,余下的歌已散佚。)

大象图梅

我永远记得我是谁，我憎恶绳套和枷锁，
我记得我过去的力量和丛林里的往事。
我不会为了一捆甘蔗就把我的力量卖给人类。
我会回到我的同类，回到丛林洞穴的兽民之间。
我会离开这儿，直到天亮，直到阳光破晓——
去接受和煦清风的轻吻，享受清澈泉水的爱抚；
我会忘掉脚踝上的铁环，折断困住我的木桩。
我要找回我失去的爱人，和我自由的玩伴！

卡拉·纳格（意为"黑蛇"），是一头为印度政府服务过四十七个年头的大象。这些年来，所有大象能干的活儿他都干过了。他刚满二十岁的时候被捉了去，一直干到了将近七十岁，这已是大象的高龄。他记得曾经在前额垫着皮垫，帮人把陷在泥地里的大炮推出来。那是在一八四二年第一次阿富汗抗英战争结束前，那时他年纪尚小，还没有足够的力气。

他的母亲拉达·皮阿里——就是亲爱的拉达——跟卡拉·纳格在同一次动物抓捕行动里被俘。在纳格乳白色的小象牙还没长出来时,她告诉纳格,胆小的大象总是会受伤。卡拉·纳格知道母亲的劝告是对的。因为他第一次遇到背上驮的炮弹爆炸的时候,吓得尖叫乱跑,跑到了一个堆放着来复枪的台子,结果那些刺刀把他最柔软的地方扎得到处是伤。后来,还未满二十五岁,他就不再恐惧任何东西。在为印度政府服务的大象中,他是最受欢迎的,也得到了最好的照顾。在往印度上部的行军中,他驮过五百四十多公斤的帐篷;他还被放在蒸汽船起重机一端的吊篮里,被吊到一艘船上,经过好几天远渡重洋,从一个离印度很远、多岩石的陌生国家驮了迫击炮回来。他还看见过西奥多皇帝死后埋葬在马格达拉。后来,他又被放回蒸汽船,运到了别处。士兵们说,那艘轮船获得了阿比西尼亚战争勋章。此后十年,他看到过自己的大象伙伴死于寒冷、癫痫、饥饿,他自己也在阿里清真寺中过暑。再后来,他又被送往几千公里以南的地方,在毛淡棉的一个木料场里运送柚木。在那儿,有一头大象逃避干活,卡拉·纳格差点杀掉这头不服管的年轻大象。那次事件后,人们就不让他运木头了,而是让他和另外几十头受过专业训练的大象去卡洛山里抓捕野象。大象是受印度政府严格保护的,但是有一个部门,专门负责抓捕、驯服野象。他们让野象学会帮人干活,之后送往全国各地需要的地方。

到卡拉·纳格的肩膀就已经足有三米高。他的象牙被人截成一米半长,截断的地方用铜箍缠起来,防止象牙开裂。但他仅用残余的象牙都比没受过训练、长着尖牙的象能干的事还多。抓野象,首先要经过好几个星期的驱赶,小心谨慎地先把分散在山中的象往一个地方赶,等到那四五十头野象都被赶进最后一道围栏,用树干捆成的大吊门就在他们身后关上了。卡拉·纳格会按照命令进入围栏。那里火光闪烁,野象吼叫,乱作一团(捕象通常在夜里,火把的光闪烁摇曳,使其难辨距离),卡拉·纳格挑出个头最大、最不老实的野象,捶打、推搡,直到把他教训得安静了为止。而骑在其他大象背上的人会把小一点的象用绳索捆起来。

"黑蛇"卡拉·纳格有智慧、有经验,非常擅长打架。以前在攻击一只受伤的老虎时,他都不止一次地站了起来。他把柔软的鼻子卷起来,免受攻击,然后快速甩头像甩镰刀一样把老虎撞飞到一边去，这些都是他自己琢磨出来的招数；一旦把老虎撞倒后，就整个跪到老虎身上，直到老虎喘着粗气嚎叫一声咽了气，变作地上一摊毛茸茸的带条纹的东西，只等着被卡拉·纳格拽着尾巴拖走了。

"没错。"赶象人大图梅说。大图梅是黑图梅的儿子，当年就是黑图梅把卡拉·纳格带到阿比西尼亚的。大图梅也是大象图梅的孙子，大象图梅是看着卡拉·纳格被抓的，"除了我，黑蛇谁都不怕。我们家三代人喂养他，训练他，他会活着陪伴我们家第四代人的。"

"他也怕我，"小图梅说。他站起来有一米二高，身上只裹了一块布。他现在十岁，是大图梅的长子，根据习俗，他长大后会继承父亲的位置，坐在卡拉·纳格的背上，拿起重重的铁驯象棒。这驯象棒已经被他曾祖父、祖父、爸爸三代人磨得光滑了。

他知道自己在说什么；他是在卡拉·纳格的影子底下长大的。还不会走路的时候，他就玩他的象牙，刚学会走路就赶他下水。卡拉·纳格从没想过违背这个小孩各种无理取闹的要求。那时，大图梅把这个褐色的小娃娃放到卡拉·纳格的象牙底下，告诉他向未来的新主人致意，这时候卡拉·纳格也没想过要一脚踩死他。

"没错，他是怕我。"小图梅像个大人似的迈着大步，慢慢走到卡拉·纳格身边，叫他老肥猪、大肥猪，还让他把脚一只只抬起来。

"哇！"小图梅说，"你是一只好大的象。"接着，他摇摇头发蓬松的脑袋，学着爸爸说话："政府为大象付钱，但大象都是我们看象人的。卡拉·纳格，等你老了，会有个有钱的王公把你从政府手里买走，按你的个头和表现付价钱。然后你就不用干活了，就只需要在耳朵上戴上金耳环，背上放个金象轿，身上再披一件边上缀满金子的红布，走在王公的前头。那时，老卡拉·纳格，我就会坐在你的脖子上，手拿一根银象棒。很多人会拿着金棍子跑在我们的前面开路，喊着，'让开让开，给王公的大象让路！'那多威风啊，卡拉·纳格，不过这好像还是不如在丛林里打猎好玩。"

"唔！"大图梅说，"你这个小孩，怎么跟一头水牛犊子似的，这么野呢。在这些山里跑上跑下的，可不是什么政府的好差事。我年纪越来越大了，不喜欢什么野象。我只想要一个砖砌的野象舍，一头象一个棚，再有一些大树桩，把他们拴得老老实实的；还需要平坦宽阔的训练场。总之我不想要这种来了又走的临时营地。啊，坎普尔的营地那儿还是不错的。附近就有一个集市，一天还只用干三个小时的活儿。"

小图梅知道坎普尔的象场，什么话也没有说。他跟爸爸的想法不一样，他更喜欢营地生活，讨厌那些宽阔平坦的大路，讨厌只能在储存的饲料堆里挖找草料，无所事事，只能看着卡拉·纳格在他的尖木桩旁边焦躁不安地转来转去。

小图梅喜欢的是穿行在那些只能过一头象的走马道；钻到下面的山谷；看几公里以外吃草的野象、在卡拉·纳格脚下受到惊吓奔逃的野猪和孔雀；喜欢美好温暖的雨水，那时所有的山头峡谷都会云雾缥缈；清晨美丽多雾，没有人知道他们当晚在哪里驻扎；喜欢沉着谨慎地赶野象群，喜欢前一天晚上赶象时疯狂的奔跑，熊熊燃烧的火焰，嘈杂喧闹。大象们会像山崩时滑下的巨石一般拥进栅栏。等他们发现自己出不去了，就往粗柱子上撞，只有用吼叫、燃烧的火把和射过去的空弹壳才能把他们赶回去。在那里，就算是小男孩也能派上用场，而小图梅更是比三个男孩加起来还能干。他挥舞着自己的火把，用尽全力喊叫。但等到真的往外赶象时,好戏才算刚刚开始。克达围场——就是那个诱捕野象的围场——好像呈现出世界末日一样的情景,男人们互相打着手势,因为在那种嘈杂的环境他们根本听不见对方说话。这时,小图梅会爬到一个晃动的围场立柱顶上。他那被太阳晒褪了色的棕发飘散在肩膀上方,他看上去就像火把光下的一个小精灵。只要喧闹声一平息,你就能听到他尖声鼓励卡拉·纳格的喊叫,那声音比喇叭声、撞击声、绳子的啪啪断裂声和那些被拴住的大象的呻吟声还要响。"上啊,上啊,黑蛇!用牙咬他!小心!小心!打他!打他!当心柱子!啊!啊!嘿!呀!啊!"他会大喊着,而卡拉·纳格和野象来回穿过克达围场进行大战,那些老捕象人会擦掉要滴进眼里的汗,寻找时机朝着正在木柱顶上高兴得乱扭的小图梅点头示意。

他都不仅仅是乱扭了。有一天晚上,他从那根木柱上滑下来,钻到两头象中间,把掉下来的绳套松开的一头往上扔给一个赶象的,那人正试图抓住一头小象的一条腿。小象乱踢乱踹,比成年的动物更难对付。卡拉·纳格看见了他,就用自己的鼻子缠住他举起来,递给了大图梅。大图梅气得立马打了他几下,把他又放回到木柱上。

第二天一早,大图梅责骂了他一顿,说:"砖砌的象场不够好吗?抬帐篷的活儿不够好吗?你非得自己去捕大象吗?你这个不中用的小家伙!现在那些挣得比我少的愚蠢捕象人已经把这事跟皮特森老爷报告了。"小图梅吓坏了。他不怎么了解白人,但对他来说,皮特森老爷是世界上最厉害的白人了。皮特森是克达围场捕象行动的总头领——他为印度政府捕捉了很多大象,比任何人都了解大象的习性。

"那——那有什么后果?"小图梅问。

"后果?当然是最糟糕的后果。皮特森老爷就是个疯子,要不他怎么会去捕这些野魔鬼?说不定他甚至会要你去当捕象人,在这个到处是热带病的丛林野外睡觉,最后在克达围场被踩死。幸好这些闹剧已经安全平息了。下周,捕象就结束了,我们这些平原人就会被送回我们的车站。然后,我们就能顺着平坦的大路走,忘掉这次捕猎的所有不快。但是,儿子,我很生气你搅进了阿萨姆丛林居民的这些烂事。卡拉·纳格只听我的话,所以我必须跟他一起进克达围场,但他只负责战斗,不能帮人用绳子拴象。我只是悠闲地坐在纳格背上,因为我不仅仅是猎手,还是一个赶象人,一个只是赶象、等到服役期满就能拿退休金的人。难道大象图梅家族的人要在这脏污的克达围场踩来踩去吗?坏孩子!可恶!你这没用的儿子!赶紧去给卡拉·纳格洗澡,好好洗洗他的耳朵,保证脚上没踩到刺。不然皮特森老爷肯定要抓你去做捕象人了——一个跟在大象脚印后面的跟屁虫,像丛林里的懒熊。呸!丢脸!滚!"

小图梅一言不发地走了,不过他给卡拉·纳格检查脚的时候,倾诉了他的委屈和不满。"没事,"小图梅把卡拉·纳格大大的右耳朵边儿翻上去,"他们在皮特森老爷那儿提了我的名字,说不定——说不定——说不定——谁知道呢?嘿,这是我拔过的最大的刺了!"

接下来几天的工作就是把大象赶到一起,让新捕获的大象在两头驯服的象中间走,以防他们在平原行进的时候惹麻烦,还要清点一下在森林里用旧或者丢了的毯子、绳子之类的东西。皮特森老爷骑着他那头聪明的母象帕德米妮走了进来。山上其他营地的薪水他都已经付过了,因为这一季即将结束,当地的记账员坐在树下的桌旁给赶象人付工钱。每个人领了薪水后就走回自己的大象旁边,站到准备出发的队伍中。捕象人、狩猎人、狙击手是克达围场长期雇用的人,他们每年都待在丛林里,坐在皮特森老爷的永久财产——大象的背上,或者倚靠在树上,胳膊上挂着枪,嘲笑那些即将离开的赶象人,看到新捕获的大象跑出了队伍时,他们更是哈哈大笑。

大图梅朝记账员走去,小图梅跟在他身后,捕象人马丘阿·阿帕压低声音,对他的朋友说:"走了一个捕象的好材料。要把这丛林小公鸡送到平原去脱毛,真是可惜了。"

皮特森老爷的听觉可敏锐得很。作为捕象首领,他必须能听见丛林里最安静的动物——野象的声音。他本来一直躺在帕德米妮背上,听了这话,立即转过身来问:"你们说什么?我竟然不知道在平原赶象人里还有这么厉害的男人,有这个头脑能套一头象?"

"不是男人,是一个男孩。最后一次赶象,他溜进了克达围场,把绳索扔给了在那儿的巴摩,当时我们正准备套肩上有斑的那头小象,想把他从他妈妈身边拽走。"

马丘阿·阿帕指了指小图梅。皮特森老爷打量着他,小图梅深鞠一躬。

"他扔了一条绳子?他还没有一根木桩钉子高呢。小家伙，你叫什么名字？"皮特森老爷问。

小图梅吓得不敢说话，但卡拉·纳格站在他身后，于是小图梅做了个手势，卡拉·纳格就用象鼻把他卷了起来，举到和帕德米妮前额差不多高的位置，正对着伟大的皮特森老爷。小图梅用手捂住了脸，因为他还只是个小孩子，除了说到和大象有关的事，其余时候他和同龄小孩一样腼腆。

"啊哈！"皮特森老爷的胡须下露出了微笑，"你为什么要教你的大象这种技巧？是为了等人们在外面晒玉米穗时帮你从屋顶上偷青玉米吗？"

"保护穷人的老爷，我偷的不是青玉米，是瓜。"小图梅说，这时所有坐在周围的人都大笑起来。这些人还是小孩的时候，他们也都教过他们的大象这样的技巧。小图梅悬在两米多高的空中，可他羞得想钻到地下两米多的地方。"他叫小图梅，是我的儿子，老爷。"大图梅皱着眉头说，"他是个非常坏的孩子，他会吃牢饭的，老爷。""我倒是不太相信你说的，"皮特森老爷说，"一个男孩在他这个年纪就敢面对整个克达围场，他是不会坐牢的。来，小家伙，这里有四个安那，拿去买糖吃吧。你那浓密头发下面的小脑瓜倒是挺聪明，以后

丛林之书

你也可能成为一个猎手。"大图梅眉头蹙得更紧了,"记着,就算聪明,克达围场也不是给小孩玩耍的地方。"皮特森老爷接着说。"那我永远也不能了吗,老爷?"小图梅紧张得大喘气。"对,"皮特森老爷笑着说,"除非你看见大象跳舞,那才是到时候了。等你看见大象跳舞了,就来见我。到时候,我就让你进围场捕象。"

这回大家笑得更厉害了。大象跳舞是捕象人之间的老笑话,指的是不可能的事情。传说丛林之中隐藏着一些空旷的平地,被称作大象舞场,但那些地方只能碰巧遇上,而且根本没人见过大象跳舞。所以,当赶象人向别人吹嘘自己赶象的技术和英勇事迹时,别人就会嘲讽说:"你什么时候看见过大象跳舞?"卡拉·纳格把小图梅放下来,小图梅又对皮特森老爷深深鞠了一躬,就跟着父亲走了。回去以后,他把那四个银安那给了妈妈,妈妈正在喂小弟弟吃奶。他们一家人都骑上了卡拉·纳格的背。于是,大象队伍呼噜噜叫着,沿着山路,往平原进发。因为有了新加入的大象,整个行程不太顺利,新象每次涉水过浅滩时都要惹麻烦,赶象人不时就得连哄带打。

大图梅很生气,恶狠狠地用粗棒催促着卡拉·纳格。小图梅却高兴得话都说不出来。皮特森老爷注意到了他,还给了他钱,他感觉就像是列兵被叫出队列受到了指挥官的表扬一样。

"妈妈,他说的大象跳舞是什么意思?"看父亲没有好脸色,他终于忍不住轻轻地问了妈妈。

没等妈妈回答,大图梅哼道:"意思就是你永远成不了这些捕象人中的一员——喂,前面的,有什么东西堵路了吗?"两三头大象前面的一个阿萨姆的赶象人生气地转过身来,喊道:"把卡拉·纳格带到前面来,撞一下我这几头幼象,让他们老实点。为什么皮特森老爷选了我和你们这些稻田里的笨驴一起下山?图梅,把你的象拉过来和他们并排走,让他用象牙戳着点。我以山神的名义发誓,这些新象怕是着了魔,要不然就是嗅到丛林里他们同伴的气味了。"卡拉·纳格撞着那头新象的肋骨,让他老实了下来。大图梅说:"最后一次捕象的时候,我们把山上的野象都赶出来了。围捕的时候只有你赶得不用心。难道我还得把整个象队都整顿一下?"

"听他说的!"另一名赶象人说,"都赶出来了!嘀!嘀!你们可真聪明,你们这些平原人。除了从来没见过丛林的糨糊脑袋,谁都明白,大象们知道这个季节的围猎结束了。因此，所有的野象今晚都会——我干吗跟一只河龟费口舌呢？"

"他们今晚干吗？"小图梅喊道。

"嗬，小家伙，是你在那儿吗？行，我只告诉你，因为你脑子还算清醒。大象们会跳舞，你父亲说把山上所有的大象都赶出来了，那他今晚可要给尖木桩加上双倍的链子了。"

"这是什么话？"大图梅说，"我们一代代照看大象都四十年了，从来没听说过这种大象跳舞的瞎话。"

"你们是没听说过。不过，对于一个住在小屋的平原人来说，除了家里的四面墙还能知道些什么。不信的话，你们今晚把大象的锁链解开，看看会发生什么。说到大象跳舞，我还见过那地方呢——天哪，底杭河是有多少道弯？这又有一个浅滩，我们必须让小象蹚过去。别动，你们殿后。"

一路上，他们说着吵着，溅着水花蹚过了小河。他们赶路第一个目的地是新捕大象的接收营地。但在远没有到达营地的时候，大象们就发起了脾气。

赶象人把这些象的后腿用链子拴在了尖尖的木桩上，再用其他绳子拴住那些新捕来的大象，把饲料堆放在野象面前。山里的赶象人就不再往前，而要趁着天亮赶回到皮特森老爷那儿了，他们告诉那些平原赶象人当晚要格外小心。当平原赶象人问他们原因时，他们哈哈大笑了起来。

小图梅喂卡拉·纳格吃晚饭。夜色降临，他穿过营地闲逛，心里说不出的高兴，他要去找一只手鼓，好好玩一会儿。如果印度小孩心里很充实，他就不会到处乱跑乱闹，干些什么不正常的事。他会坐住了，自己很陶醉地玩。而且小图梅跟皮特森老爷说上话了！如果他不是找到了自己想要的东西，我觉得他肯定会伤心得病的。营地卖糖果的小贩借给小图梅一只小手鼓，这是一种用手拍打的鼓。当星星开始在天空闪现的时候，小图梅盘腿坐在卡拉·纳格面前，把手鼓放在腿上，咚咚咚地敲啊敲。他越是想到他有多么荣耀，敲得就越响。没有曲调，也没有歌词，只有他一个人忘我地坐在卡拉·纳格的饲料草堆中间，只是这样敲鼓都让他觉得很快乐。

新捕来的大象因为被绑了绳子而焦躁不安，不时就要吼叫，小图梅听见母亲在营地的小屋里哄他的小弟弟睡觉。母亲唱了让孩子放松的摇篮曲，这首曲子非常非常古老，是用来赞美伟大的湿婆神的。湿婆神曾告诉所有动物分别应该吃些什么。歌词的第一节是：

湿婆神，他送来收获，让风吹拂，

很久以前的某天，他坐在门口，

给了每个人应做的工作、应得的食物和既定的命运，

从宝座上的国王到门口的乞丐皆是如此。

保护神湿婆神——他创造了一切。

伟大的神！伟大的神！他创造了一切——

灌木给骆驼，饲料给母牛，

妈妈的心给打瞌睡的小脑袋，

哦，给我的小儿子！

小图梅应和着妈妈的歌，在每一节后面都配上几声欢快的鼓点，直到他也觉得困倦了，就伸展四肢，躺倒在卡拉·纳格面前的草料堆上。最后，营地上所有的大象都习惯性地一个接一个躺下了，只有卡拉·纳格还在队伍右边站着。他缓慢摇晃着硕大的身躯，耳朵聆听着夜里轻柔吹过山间的和风。山间的夜很静谧，但风中其实夹杂着各种声响，竹子碰撞的咔嗒声，灌木丛中动物穿行的窸窣声，半睡半醒的鸟受惊发出的刮擦声和惊叫声（鸟在夜间清醒的时候远比我们想象的多），以

及远处河水溅落的声音。小图梅睡了一会儿，醒过来时，月光已笼罩在山间，卡拉·纳格还站在那儿，竖着耳朵。小图梅翻了个身，草料发出沙沙的声音，他看着卡拉·纳格宽大的后背遮住了一半的星空。正盯着看时，他听到一头野象发出一阵"呜——嘟"的叫声。声音划破寂静，不过因为从很远的地方传来，听上去比穿过针眼的风声还小。

营地上所有的大象一下子从地上跳起来，仿佛挨了枪子儿一般叫起来。大象们哞哞的声音最终还是吵醒了睡梦中的赶象人，他们出来用大粗棍子把尖木桩钉进地里，又紧了紧绳索，重打了结，直到大象们安静了下来。有一头野象几乎把尖木桩拽了出来，大图梅解下卡拉·纳格腿上的锁链，把这头野象的前后腿锁在了一起，而只是在卡拉·纳格腿上绕了一根草绳，告诉他他也被拴得很紧。大图梅知道他自己、他父亲和祖父都这么干过几百次了。不过卡拉·纳格这次并没有像以往一样发出咯咯声来回应。他只是一动不动地站在那儿，微仰着头，透过月光远眺，两只耳朵像扇子一样铺开来，望向重峦叠嶂的卡洛山。

"以防他夜里也躁动起来，看着他点。"大图梅对小图梅说，说完他就进屋睡觉去了。小图梅也刚要睡，突然，听见草绳嘭地绷断的声音。卡拉·纳格挣脱了木桩，悄悄走了，像飘出山谷的一片云彩。月光下，小图梅赤脚吧嗒吧嗒地紧跟了上去，边沿着大路跑，边压低声音在后面喊："卡拉·纳格！卡拉·纳格！带我一起走！喂，卡拉·纳格！"

月光下，大象一声不吭地转过身，往回迈了几步到跑过来的小男孩跟前，垂下象鼻子，把小图梅卷到脖子上，还没等小图梅坐稳，就载着他溜进了丛林。

看到卡拉·纳格走了，象群又响起一阵疯狂的吼叫咕噜声，过了一会儿就归于寂静。卡拉·纳格继续往前走。有时，一丛高高的草扫过卡拉·纳格身体两侧，就像波浪拍打两侧的船舷；有时，一簇野椒藤擦过卡拉·纳格的后背，或一根竹子碰到他的肩膀，嘎吱作响。不过，除了这些擦碰，卡拉·纳格没有闹出其他动静，悄无声息地穿行在卡洛山丛林里，宛若一缕青烟。卡拉·纳格一直往山上走，虽说小图梅透过树间空隙能望到星星，却仍然没法辨别他们前进的方向。

卡拉·纳格到达山顶后停下歇了一会儿。月光下，小图梅看到覆盖在山坡上的树林绵延数公里，青白色的雾气笼罩在山谷的河里。小图梅向前倾着身子看，感觉身下的丛林苏醒了，生机勃勃、郁郁葱葱。一只棕色的大食果蝠从他耳边飞过；一只豪猪从灌木中匆匆跑过，身上的棘刺划到灌木丛咔嗒作响；黑漆漆的树干之间，他还听到一头野猪在潮湿、温暖的泥土里使劲刨着土，边刨边嗅。

树枝又划过他的头顶了，卡拉·纳格开始往下走，去山谷——这次他不那么安静了，而是像个逃跑的猎手，匆匆沿着陡峭的河岸往下奔。他巨大的四肢像活塞一样稳当，每步都是两米多，关节处皱巴巴的皮肤沙沙作响。他身体两侧的灌木被扯断，发出帆布撕裂的声音。他用肩膀左右顶开的小树苗又弹回来，拍到他身体两侧。他左右摇着头开路，大串缠在一起的藤蔓植物垂在了他的鼻子上。小图梅趴下来，紧紧贴着他的大脖子上，唯恐摇晃的大树枝把他扫到地面去，他真希望自己能回象场。

草地开始变得湿软，卡拉·纳格的脚踩上去扑哧扑哧响。谷底的夜雾冻坏了小图梅。伴着水花四溅、踩踏水流和河水奔涌的声音，卡拉·纳格摸索着，大步跨过河床。河水在大象腿边打着旋，但除了这个水声，小图梅还听见上下游都传来了许多水花飞溅和踏水的声音——大声的吼叫和愤怒的喘息,环绕在他周围的雾气翻滚起伏,仿佛有很多来回晃动的阴影。

"啊!"他冻得牙齿打战,几乎叫出声来,"大象们今天都出动了,那一定是大象之舞了!"

卡拉·纳格咆哮着蹚过河水上了岸,擤干净鼻子,又开始了攀登。但这次不再只有他自己,而且也不用自己开路。将近两米宽的路已经开好了,就在他前面,刚刚弯折的灌木草在慢慢恢复原样立起来。一定有许多大象几分钟之前从那条路上走过。小图梅回头望,他身后有一头体形巨大的野象,小猪般的眼睛像燃烧的煤一样闪着火光,正从雾气笼罩的河里走出来。接着,被大象走过分开的树木又合拢了起来。他们继续往上走,一路吼叫、碰撞,两侧树枝弯折,咔嚓作响。

最后,卡拉·纳格就站在山顶两棵树之间不动了。他前面是一块面积一点二公顷的不规则空地,周围有一圈树,那两棵就是其中一部分。小图梅看到,地面已经被踏得像砖砌过的一样坚硬。空地中央也有几棵树,但树皮已经磨掉了,里面白色的木质在月光下显出光泽。藤蔓植物从上面的树枝垂了下来,上面开着像野牵牛一样的大朵蜡白色花,静静悬挂在那儿，仿佛睡着了一般。但在空地里，没有一片绿叶——只有踏得坚实的地面。

在月光映衬下，大地呈现出一片铁灰色，只有大象的影子是漆黑的。小图梅屏住呼吸，伸长脖子，睁大眼睛，直勾勾地看着。越来越多的大象从树木之间摇摇摆摆地走进空地。小图梅只会数到十，他用手指数了一遍又一遍，都数得忘了有多少个十了，头也开始晕乎乎的。空地之外，他听到远处传来大象往山上行进、压断灌木丛的声音，但一进入那圈树的中间，他们就像幽灵一样移动了起来。

来这儿的象什么样的都有：有长着白牙的野公象，脖子和耳朵的褶皱里夹着落叶、坚果和小树枝；有步履缓慢的胖母象，肚子下面还有一些只一米左右高、黑里透粉、躁动不安的小象；有因为刚刚长出象牙而非常骄傲的年轻大象；有瘦得皮包骨的老处女象，凹陷的脸上显露出焦虑的表情，象鼻像粗糙的树皮；有野蛮的老公象，从肩到侧腹伤痕累累，都是过往战斗留下的疤痕，肩膀上还挂着他们在泥浆中洗澡沾上的泥块；还有一头大象断了一根象牙，身体一侧还有老虎爪子留下的可怕抓痕，那是老虎狠狠一击划的一道口子。

他们正头挨头站着,或是成双成对地在空地上走来走去,又或是好几十只各自摇摆晃动。

图梅知道只要自己静静趴在卡拉·纳格的脖子上,就不会有事,因为即便是在克达围场抓捕野象的冲撞和混乱之中,野象也不会用鼻子伸到被驯服大象的脖子上,把骑在上面的人拽下来。而那晚这些象也没有想到会有人来。忽然,他们听到森林里有脚链叮叮当当的声音,一起探着耳朵听,发现是皮特森老爷宠爱的坐骑帕德米妮。她挣断了链子,呼哧呼哧往山上爬。她肯定是挣脱了木柱,从皮特森老爷的营地直奔过来。小图梅还看到另一头他不认识的大象,背上和腹部都有深深的绳子勒痕。他一定也是从山里某个营地跑来的。

最后,树林里再没有别的大象走动的声音了,卡拉·纳格从他站的地方摇晃着走出来,走到象群中间,发出咯咯的叫声,所有的大象都开始一边走动,一边用自己的语言交谈。

小图梅仍然紧紧趴在卡拉·纳格的背上,朝下看到好几十头象宽阔的背,扇动着的耳朵,来回晃动的象鼻和转来转去的小眼睛。他听见象牙相互碰撞发出的咔嗒声,象鼻缠绕发出的干燥的沙沙声,巨大的身躯和肩膀在摩擦的声音,还有大长尾巴不停轻掸的声音和咝咝声。随后，一片云彩飘过，遮住了月亮。他待在了黑暗中，但轻轻推搡的声音和咯咯的叫声仍在持续。他知道，卡拉·纳格周围都是大象，他也不可能退出这个集会了，只能咬紧牙关趴在卡拉·纳格身上颤抖。在克达围场至少还有火把亮光和喊叫声，但在这儿，在黑暗里只有他一个人。有一次，大象还把象鼻子甩上来碰到了他的膝盖。

一只大象带头叫了起来，其他大象也全都可怕地叫了五到十秒钟。露水像雨一样滴落在象背上，紧接着响起了一阵隐隐约约的隆隆声。一开始声音不大，小图梅听不出是什么。后来声音越来越大，卡拉·纳格抬起一只前腿，接着又抬起另一只，随后又跺地——一、二，一、二，就像杵锤子一样有规律。现在，大象们全都开始一起跺脚，听起来就像在山洞口敲响了战鼓。露水从树上滴落，直到树叶上一滴不剩，而隆隆声还在持续，感觉整片大地都在摇晃颤动，小图梅举起手，捂住耳朵，想堵住那声音。但整齐划一的巨大撞击声简直穿透了他的身体——那可是数百只沉重的大象在光秃秃的地上跺脚的声音。有一两次，他感到卡拉·纳格和其他大象蜂拥向前猛冲了几步，跺脚的重击声变成绿色植物被踩碎的声音，但一两分钟后，跺地的隆隆声又响了起来。一棵树就在他附近嘎吱嘎吱响。他伸出手臂，碰到了树干，但是卡拉·纳格往前一冲，又跺起了脚，不知道自己到底是在空地的哪个方位。大象们一点都没叫，只有一次，有两三只小象在尖声说话。而后，他听到了重重的跺脚声和来回踱步的声音，紧接着是隆隆声。那应该持续了有整整两个小时，小图梅每一根神经都绷得紧紧的，但他从夜晚的空气中嗅出，黎明即将来到。

天已破晓，苍翠的山后淡黄色的晨曦初现，隆隆声随着第一缕阳光的初现停了下来，好像那光线是一道命令。小图梅的脑海里还回响着那隆隆声，甚至还没来得及换个姿势，视线中除了卡拉·纳格、帕德米妮和那头有绳子勒痕的象，一头大象都看不到了。沿着山坡看去，也没有任何沙沙声或低叫表明其他大象的去向。

小图梅瞪着眼睛看了又看，感觉一夜之间那片林中空地变大了。空地中间有了更多的树，但是灌木丛和丛林草丛却往后退了。小图梅又观察了一次。现在，他明白跺脚是在干吗了。大象们是跺出了更大的空地——他们把茂密的草丛和多汁的藤蔓踩断，又踩成薄片，薄片又踩成细细的纤维，纤维又被踩进坚实的土地里。

"啊！"小图梅已经困得连眼皮都要抬不起来了，"我的卡拉·纳格大王啊，我们跟着帕德米妮去皮特森老爷的营地吧，不然我要困得从你脖子上掉下来了。"剩下的最后一头象看到另两头走了，也喷着鼻息，转身回程了。他可能是离这儿八十公里或一百六十公里外某个本地王公的象。

两个小时后，皮特森老爷还在吃早餐，他那些前一晚都拴了双重铁链的大象们齐声叫了起来，浑身是泥的帕德米妮和四脚非常酸痛的卡拉·纳格拖着脚，摇摇晃晃地走进了营地。小图梅脸色灰白，浑身酸痛，头发挂满了树叶，被露水浸得湿透了，但他还挣扎着向皮特森老爷问好，虚弱地喊叫道："舞蹈——大象跳舞！我已经看到了，可是——我要死了！"卡拉·纳格坐了下来，他一阵晕眩，从大象脖子上滑了下来。

土著小孩是没有脸皮薄这一说的。两个小时后，他非常满足地躺在皮特森老爷的吊床上，头下还枕着老爷捕猎穿的外衣。他喝了一杯热牛奶，一点白兰地，还有点奎宁。那些毛发浓密、一身刀疤的丛林老猎手在他面前坐了三排，像看精灵似的看着他。他用孩子的简单用词讲了自己的所见所闻，并且这样总结:"就是这样,如果你们觉得我有一句谎话,你们都可以自己或派人去看。你们会发现大象们已经用他们的脚踩出了一块更大的地方。你们会发现有十条又十条,好多好多个十条的小路通往那个跳舞场。他们用脚踏出了更大的空地。我亲眼看见了。卡拉·纳格带我去的,我看见了。卡拉·纳格的腿都踩得累了!"

小图梅躺了回去,睡了一整个下午,直到黄昏时分。他睡着的时候,皮特森老爷和马丘阿·阿帕沿着两头大象的足迹翻山越岭走了二十四公里。皮特森老爷捕象已经十八年了,也只见过一次这样的跳舞场。马丘阿·阿帕一眼就看明白发生了什么,根本不用再仔细查看这片林中空地,或者用脚趾去划拉压得坚实的土。

"那孩子说的是真话,"他说,"这些都是昨晚弄的,我数了跨河的象道,足有七十多条。你看,老爷,帕德米妮的铁脚链把那棵树的皮都刮掉了!没错了,她昨晚也来了这儿。"

他们面面相觑,又上上下下观察了这片空地,都惊奇不已。因为大象的所作所为超出了人类对他们的了解,不管是黑人还是白人,大象甚至比人还聪明。"四十五年来,"马丘阿·阿帕说,"我一直追随我的象王,但我还从没听说过有哪个小孩见过这个孩子看到的东西。凭着所有山神起誓,这——我们还能说些什么?"他摇摇头。

他们回到营地时已是晚饭时间。皮特森老爷独自在帐篷吃饭,但他下令营地的人宰两只羊和几只鸡鸭,还要准备双倍分量的面粉、大米和盐,因为他要举办一次盛宴。

大图梅发现儿子和卡拉·纳格都不见了,火急火燎地从平原营地赶过来找。现在,他在这儿找到了他俩,但看到他俩的时候又感觉好像很害怕他们似的。他看到营地里尖木桩围起来的大象正列队站着,象群前正举办盛大的篝火宴会,而小图梅就是宴会的主角。小图梅在高大的棕皮肤捕象人、追象人、赶象人、拴象人和所有知道驯服野象秘密的人手中传递,他们把刚宰杀的丛林雄鸡胸脯的血涂在小图梅的额头上做记号,表明他已是丛林人了,可以自由出入丛林。

最后,火焰熄灭了,篝火堆的红光让大象们看上去也好像浸了血。马丘阿·阿帕,整个克达围场捕象人的头儿,另一个皮特森老爷,四十年来从未见过一条象踏出来的路。马丘阿·阿帕,不是别人,就是伟大的马丘阿·阿帕站了起来,把小图梅高高举过自己的头顶："我的兄弟们,听着。营地里的大象们,你们也听着。我,马丘阿·阿帕,要讲几句!这个小家伙从此不再叫小图梅了,而要叫,大象图梅,就像我们以前称呼他的曾祖父那样。从未有人见过的场景,他在漫长的黑夜里见到了,他得到了象民和丛林之神的宠爱。他将会成为一名伟大的捕象人,他会比我马丘阿·阿帕更伟大!他将用他明亮的眼睛追寻大象们的新足迹、旧足迹和新老混杂的足迹!在克达围场,他在野象的肚子下面奔跑要拴住他们的时候,他没有受到伤害;即使他跌倒在一头正在冲锋的公象脚下,公象也知道他是谁,而不会踩到他。哎嗨!我锁链拴着的大王们!"马丘阿·阿帕举着小图梅围着大象所在的尖木桩转了一转,接着说:"他就是看到你们在秘密舞场跳舞的小孩,那场景可从没有人见过!大王们,给他荣誉!敬礼,我的孩子们。向大象图梅致敬!冈加·普萨德,啊哈!希拉·古伊、伯契·古伊、库塔·古伊,啊哈!帕德米妮,你在舞会上见过他吧,还有你,卡拉·纳格,你是大象群中的珍珠!啊哈!一起来!向大象们的图梅致敬!"随着马丘阿·阿帕最后一声发狂的尖叫,营地里所有的大象都甩起鼻子,甩得鼻尖都碰到了前额，一齐发出象群最高级的致敬——惊人的隆隆象吼，只有印度总督听过这来自克达围场的致意。而这一次致敬是为了小图梅，因为他独自一人在深夜的卡洛山中心看到了从未有人见过的景象——象群之舞。

湿婆和蚱蜢
这是小图梅的妈妈唱给小宝宝的歌

湿婆神，他送来收获，让风吹拂，

很久以前的某天，他坐在门口，

给了每个生灵应做的工作、应得的食物和既定的命运，

从宝座上的国王到门口的乞丐皆是如此。

保护神湿婆神——他创造了一切。

伟大的神！伟大的神！他创造了一切——

灌木给骆驼，饲料给母牛，

妈妈的心给打瞌睡的小脑袋，

哦，给我的小儿子！

小麦给富人，小米给穷人，

残羹剩饭给挨家挨户的圣人求乞者；

让老虎战斗，让鸢鹰吃腐肉，

碎皮骨头给夜里墙外守着的恶狼。

他不会认定谁崇高，不会觉得谁卑微——

帕尔芭蒂就在身旁，见证了他们来来往往；

她想骗骗她的丈夫，就跟湿婆开了个玩笑——

偷走了小蚱蜢，藏在自己胸口。

所以她骗了他，保佑神湿婆。

伟大的神！伟大的神！回过头来看一看吧。

高高的是骆驼，笨重的是母牛，

而这个是最小的昆虫，

哦，我的小儿子！

当施舍结束，她大笑着问：

"主人，数百万的生灵，是否有没投喂到的？"

湿婆笑着回答："所有都各得其所，

也包括他，藏在你心口的小家伙。"

于是小偷帕尔芭蒂从胸前捧出了小蚱蜢，

看见这最小的家伙正啃着新叶！

她看着，惊讶又好奇地向湿婆祈祷，

他给了所有生灵应得的食物。

保护神湿婆神——他创造了一切。

伟大的神！伟大的神！他创造了一切——

灌木给骆驼，饲料给母牛，

妈妈的心给打瞌睡的小脑袋，

哦，给我的小儿子！

女王陛下的仆人们

你可以用分数或比例法算出结果，

但特威德尔德姆和特威德尔迪却用了不同的方法去做。

你可以弯曲它，旋转它，

你也可以把它编起来，直到不想再摆弄它。

但比利·温奇和温基·波普用了不一样的方法。

大雨足足下了一整个月。在这个名为拉瓦尔·宾迪的营地住着三万多人和成百上千头骆驼、大象、马、公牛和骡子，雨一直在这儿下个不停。他们正准备接受印度总督的检阅。之所以进行检阅是因为总督要接待阿富汗埃米尔的访问——这位阿富汗埃米尔是个非常野蛮的国家的国王。他带了八百多人马作为随从卫队，但他们却从未见过营地或火车——这些人马来自中亚后面的某个地方，野蛮蒙昧。每当夜晚降临，马群中总会有些马挣脱掉拴在脚上的绳子，在黑夜里穿过泥泞的营地狂奔乱窜；还有几只骆驼会挣脱绳子到处跑，还有的被固定帐篷的绳子绊倒。你能够想象得到,这动静对于那些在床上极力想睡觉的人来说是多么煎熬的体验。我所住的帐篷搭在距离骆驼队很远的地方,以为会相对安全些。但一天夜里,有人突然伸头探进我的帐篷,大喊道:"快出来!他们来了!我的帐篷没了!"

我知道他所说的"他们"是谁,赶紧穿上靴子、雨衣,匆忙跑出帐篷,跑进了泥地里。我的猎狐小维克森也从另一侧跑出来。紧接着传来一阵吼叫、咕哝和噗噗的声音,我亲眼看到我撑帐篷的木杆断裂了,整个帐篷坍塌了,摇摇欲坠,像疯鬼在跳舞。原来是一头愚蠢的骆驼跌跌撞撞地冲了进去。尽管我全身湿透了,又很生气,但还是忍不住笑了起来。然后我就向前跑,因为我还不知到底有多少头骆驼挣脱绳子跑了出来。我在泥地里跋涉,不一会儿就远离营地了。

最后,我被一门大炮的尾部绊倒,这才发现自己已经在一个离炮兵部队很近的地方。晚上,这些大炮就堆在附近。为了不在小雨淅淅沥沥的夜里在泥地里跑来跑去,我干脆把身上的雨衣盖在一门炮的炮口上,又在附近找了两三根推弹杆,搭成了一个简易棚屋。我顺着另一门炮的炮尾躺下,心里正琢磨我的小维克森到底跑到哪儿去了,而我又在哪儿。

正当我准备睡的时候,耳边传来了马具叮当作响的声音和沉重的喘息声,一头骡子甩着他的湿耳朵从我旁边经过。他是螺旋式炮兵连的,我能从他鞍垫上的皮带、圆环、链子和其他东西发出的声响中推测出来。螺旋式炮是一种小型的大炮,由两部分组成,用的时候就把两部分拧在一起。它们被运到山上,运到骡子能找到路走的地方。在多岩石的国家,这种小炮是非常有用的。

骡子旁边是一头骆驼,又大又柔软的脚扑哧扑哧地走在泥地里,脖子像一只迷了路的母鸡来回摆。幸好,我从当地人那里学了动物的语言——当然不是野兽,而是营地里的动物,所以大概知道他在说什么。

他一定就是那头跌撞进我帐篷里的骆驼,因为他对骡子说:"我该怎么办?我该去哪儿?我和一个乱晃的白东西打了一架,它用棍子狠狠打我的脖子。(其实那是我被撞断的帐篷杆子,知道这是怎么回事了,我还挺欣慰的呢。)我们该继续跑吗?"

"哦,是你呀,"骡子说,"是你和你的朋友们大闹了营地吗？好吧，你们明早就要为这事挨打了。不过，我现在就可以赊给你点东西。"

我听到一阵马具的叮当声。骡子后退了几步，然后抬起前蹄，朝骆驼的肋骨处敲鼓似的踢了两脚。"下次你就记着了，"他说，"别大晚上的在骡子们的炮兵连乱窜，别喊什么'抓小偷，着火啦'，坐下，别晃你那傻脖子了。"

骆驼屈下两条像尺子一样笔直的双腿，坐了下来，伤心地小声啜泣。黑暗中响起有规律的蹄子声，接着，一匹高大的战马迈着稳健的步伐慢跑过来，好似在接受检阅。他跳过了大炮尾端，在骡子身边停下了。

"真丢脸，"他鼻孔里喘着粗气说，"这些骆驼吵吵闹闹穿过我们的营地——这周已经是第三次了。如果不让马好好睡觉，马怎么能有精神呢？谁在那儿？"

"我是第一螺旋式炮兵连二炮炮尾的骡子，"骡子答道，"另外一个是你的朋友。他也把我给吵醒了。你是谁？"

"第九骑兵团E连十五号迪克·坎利夫的坐骑。请站过去点，往那边。"

"哦，请原谅，"骡子说，"天太黑了，看不太清楚。

这些骆驼是不是特别讨厌?我从军营出来就是图个清净。"

"我的老爷们,"骆驼低声下气地说,"我们夜里做了噩梦,特别害怕。我只是第三十九步兵团的一头驮行李的骆驼,我可没有你们这么勇敢啊,我的老爷们。"

"那么你为什么不乖乖待在三十九步兵团里驮你的行李,在军营里到处乱跑干什么呢?"骡子问。

"因为我们做了很可怕的梦,"骆驼说,"真对不起,你们听!那是什么?我们要再接着跑吗?"

"坐下!"骡子说,"不然把你的长棍腿搁在大炮中间折断。"他竖起一只耳朵,仔细听着。"公牛!"他说,"是炮兵连的公牛。我的天哪,你和你的朋友们还真是彻彻底底地惊动了整个营地呀。要把炮兵连的公牛赶到一边去,可要费大力气了。"

我听到链子拖在地上的声音。因为大象不愿意靠近开火的地方,所以只能让大白公牛拽着重重的攻城大炮过来。他们闷闷不乐地肩并肩一起走。另外一头炮兵连的骡子差点踩在链子上,拼命喊着"比利"。

"那是我们的一个新兵,"老骡子对战马说,"他在叫我。我在这儿,年轻人,别喊了。只是天黑了而已,你不会受伤的。"两头炮兵连的公牛躺了下来,开始细细咀嚼反刍的食物。

那头年轻的骡子紧紧地挤到比利身边,说:"那些东西!比利,太可怕了!太恐怖了!我们睡觉的时候他们跑进了营地,你说他们会不会杀了我们?"

"我倒有个好办法,就是先狠狠地踢你一脚,"比利说,"作为一头训练有素、高一米四的骡子居然怕这个,真给我们炮兵连丢脸。"比利说着就要起身踢他。

"别别,冷静!"战马赶紧说,"别忘了我们当新兵的时候也是这样的。我记得自己第一次见到人的时候(那时我三岁,在澳大利亚),吓得整整跑了半天,即使当时我看到的是一头骆驼,也会跑个不停的。"

英国骑兵团几乎所有的马匹都是从澳大利亚带到印度的,然后由骑兵们自己训练。

"确实是这么回事,"比利说,"别抖了,年轻人。他们第一次把全副链子的整套马具放在我背上的时候,我用前腿站了起来,把它全踢掉了。那时我其实还没学会怎么踢人,但是炮兵连的人说他们从没见过这样的骡子呢。""叮当响的不是马具或其他什么东西,"年轻的骡子说,"我现在已经习惯那些东西了,比利。我害怕的是像树一样的东西,它们在营地里一起一伏的,还发出噗噗的声音。我脖子上的绳子在混乱中被扯断了,我找不到我的主人,也找不到你了,比利,所以我就和这些绅士一起跑了。""哼!"比利说,"一听见这些骆驼跑了,我也离开了。当一个炮兵连——一个螺旋式炮兵连的骡子称炮兵连的公牛为绅士,他一定受了很大惊吓了。那两个躺在地上的家伙是谁呀?"炮兵连的公牛一边反刍着食物,一边齐声答道:"大炮连一号的第七对公牛。骆驼来的时候,我们正在睡觉,后来我们被踩了一脚,就起来走开了。安安静静地躺在泥地里,也比在舒服的床上被打扰得睡不着要好得多。我们告诉你的朋友说,没什么可害怕的,但他知道得太多了,所以想得多。哇!"两头牛继续咀嚼着。"你是真害怕了,"比利说,"你看看,都被炮兵连的公牛取笑了。我希望你喜欢被公牛取笑,小伙子。"

听到这话后,年轻骡子咬紧牙,我听到他说了些从不害怕世上任何肥胖的老公牛之类的话。那两头牛听完后,只是咔嗒咔嗒磨了磨犄角,继续咀嚼着。

"行了行了,别因为屎了又恼羞成怒。没有比这更懦夫的行为了。"战马说,"我觉得,如果在夜里因为看到了不知道是什么的东西而受了惊吓,也是可以谅解的。就因为一个新来的马讲了好多他澳大利亚家乡鞭蛇的故事,我们四百五十匹马被吓得一次次地挣开拴绳的木桩子,连见到头上松下来的绳子头,都怕得要命。"

"在营地里还好,"比利说,"有一两天没能出去的时候,我也会乱走走,不过倒不至于被吓跑,只是图个好玩。不过,要是在服役的话,你都怎么办呢?"

"噢,那就得另当别论了。"战马说,"战斗的时候,迪克·坎利夫会骑在我背上,用膝盖使劲夹着我,我要做的就是注意脚下所踩的地方,放好后腿的位置,还有服从缰绳的指挥。"

"什么是服从缰绳的指挥?"年轻骡子问。

"凭腹地的蓝桉树起誓,"战马哼了一声说,"你的意思是说你在训练中没有学过要服从缰绳的指挥吗?缰绳在脖子上一拉紧,就得马上掉头。不服从缰绳的指挥你怎么做事?是否听话,关系到你主人的生死,当然也关系到你的生死。所以,只要你感到脖子上的缰绳一紧,就要有意识地挪动后腿,掉转身子。如果没有转身的余地,可以用后腿直立起来,绕过身来。这个就叫服从缰绳的指挥。"

"从来没有人这么教过我们,"老骡子坚持说,"那些训练我们的人教我们要服从前面的,他说前进就前进,他说后退就后退。我感觉这都是一回事。不过像你说的那种高难度的后腿直立的动作,一定对你的后腿关节很不好吧,你都按要求做吗?"

"看情况,"战马说,"通常,我要冲进一大群长毛发、背着刀、大喊大叫的人中间。他们的刀又长又闪,比蹄铁工磨的刀还可怕。我得确保迪克的靴子刚巧挨着旁边人的靴子而又不会踩到对方。我可以从右眼那边看到迪克的长矛,所以我知道自己是安全的。在我们手忙脚乱应付敌人的时候,最好不要挡在我们中间,免得被误伤。"

"那刀不会伤到你吗?"年轻骡子问。"唔,确实有一次刀划到我胸口了,不过那不是迪克的错——""如果伤到你的话当然要弄清是谁的错了!"年轻骡子说。"是要弄清,"战马说,"但如果你连自己的主人都信不过,你最好还是直接跑走吧。我就看过一些马这样,不过我不会因此责备他们。就像我刚刚说的,我的刀伤真的不是迪克的错。我看见一个人躺在地上,我经过他时想尽量别踩到他身上,结果他却反过来朝我砍了一刀。以后再让我遇到一个躺地上的人,我一定直接踩上去,狠狠踩。"

"嘿!"比利说,"这么说就很愚蠢了。不管怎样,刀都是很卑劣的东西。我们应该做的事是装好马鞍登上山,用好自己的四条腿和耳朵,然后一路爬啊,攀啊,蜿蜒着前行,直到你发现自己已经超过其他人有好几十米,那时到达的岩脊只容得下你自己的蹄子了。然后你站好脚跟,不出任何声响——别等别人拉住你的头,小伙子,你就安安静静地等着大炮组装到一起,然后看着那些小红弹壳掉进山脚下的树枝间。"

"你摔倒过吗?"战马问。

"那几乎是不可能的事。"比利说,"偶尔可能会有放歪了的马鞍惹得骡子心烦意乱,但也很少会让骡子摔倒。我真希望能向你们展示一下我们优美的身姿。没错,我花了三年才弄明白人们是什么意思。这事的关键就在于千万别把自己暴露在空中炮弹能打到的地方,因为如果真那么做了,是很有可能挨枪子儿的。一定要记着,年轻人。永远尽可能地把自己隐藏起来,就算这样做会让你绕个一两公里路。每当要这样登山时,我就会在炮兵连打头阵。"

"还没能够冲进人群就要挨枪子儿!"战马一边说,一边认真想着,"这个我可受不了。我得和迪克一起冲锋。"

"哦,不,你不会的。你也知道那些炮一就位,他们就会立刻开始装弹药,技术熟练,动作利索。不过要是刀的话——呸!"

那头骆驼上下摇头晃脑好久了,着急地想插个话。然后,我听见他清了清嗓子,紧张地说:"我——我——我也有点打仗的经历,但既不是爬山,也不是奔跑。"

"对,你这么一说倒是,"比利说,"确实看不出来你像是能爬山或者能跑的样子。你说说看,你是怎么打仗的啊,老家伙?"

"用我们特有的方式,"骆驼说,"我们就蹲坐下去——"

"啊?我身上还有胸铠和兜臀的皮带呢!"战马低声说,

"为什么要蹲下?"

"我们就是蹲下,一百多个一起呢,"骆驼继续说,"在一个大广场上,人们把我们驮的包裹和马鞍在广场外面堆起来。他们从我们的背上面开枪,人们就是这样做的,朝广场的各个方向开枪。"

"是什么样的人?是和你们一起来的人吗?"战马说,"在骑术学校训练时,他们确实让我们趴下来,让我们的主人从我们背上开枪,但是我只允许迪克·坎利夫这么做。枪碰到我的鞍带会弄得我很痒,而且我头朝着地面,上面发生什么都看不到了。"

"谁在你背上开枪有什么关系呢?"骆驼说,"旁边有好多人和好多其他骆驼,而且浓烟弥漫。当时我并不害怕,只是一动不动等着。"

"但是,"比利说,"你夜里会做噩梦,还扰得整个军营不得安宁。好了,好了!在我躺下来之前,别再说什么趴下了,还让人朝着我开枪?谁要这样的话,我的后蹄子可跟他的脑袋有话说呢。你听说过这么可怕的事吗?"他问旁边一直没说话的公牛。

好长一段时间的沉默过后,炮兵连的公牛终于抬起他的大脑袋,说道:"这确实非常愚蠢。在我看来,只有一种战斗方式。"

"哦,继续说,"比利说,"请不用在意我刚刚说的。我想你们两个莫不是一起打仗的?"

"只有一种战斗方式,"他们两个异口同声道(他们一定是双胞胎),"就是这样的。双尾巴一叫,我们二十对公牛就赶到大炮旁。"("双尾巴"是营地里称呼大象的行话。)

"双尾巴为什么要叫呢?"年轻的骡子问。

"表明他不愿再向对方的烟雾靠近了。双尾巴是个大懦夫。然后,我们就会一起用力使劲拉大炮——嗨呀!嗬!嘿呀!嗬!我们不像猫那样爬,也不像小牛那样跑。我们二十对公牛一起穿过平原,等牛轭卸下来才停止工作。之后我们就可以吃草了,这时候大炮会飞过平原到泥墙围着的某个城镇,泥墙一点点垮塌,尘土飞扬,就跟牛群往家跑时扬起的土一样。"

"哦!所以你们趁那个时间吃草吗?"年轻的骡子问。

"那个时间,或者其他时候。吃草总归挺好的。我们会一直吃到再次套上牛轭,然后再把大炮拉回双尾巴等着的地方。有时候,城里的大炮也会往外打,我们中有些牛就不幸被打死了,不过这也意味着其他同伴就有更多的草吃了。这就是命。但不管怎么说,双尾巴的确是大懦夫。这就是我们打仗的方式。我们是来自哈普尔的两兄弟,我们的父亲是湿婆的神牛。这我们已经说过了。"

"好吧,我今晚的确学到了一些东西,"战马说,"螺旋式炮兵连的绅士们,如果大炮在朝你们开火,双尾巴跟在你们身后的时候,你们还会想吃东西吗?"

"我从来没听过这种傻事。这跟问我们想不想趴下来,让人们横七竖八地躺在我们身上,或者冲进拿刀的人群一样。有山上的岩脊,驮稳的东西,一个可以让你选择道路的值得信赖的马夫,那么我就愿意做你的骡子。除此之外,当然没门!"比利边说,边跺了下脚。

"当然,这我可以理解,"战马说,"大家都不一样的,我很清楚地知道,你父亲这边的家族了解的东西就很有限。""你别老想提我父亲这边的亲戚,"比利怒气冲冲地说,每头骡子都讨厌别人提醒他他父亲是头驴,"我父亲是南方的一名绅士,他能放倒碰到的每一匹马,能又咬又踢地把他扯成碎片。记住了,你这个棕毛的布伦比!"布伦比的意思是未经驯养的野马。想想如果一匹拉车的马把获胜的赛马苏诺尔叫"不中用的老马",他会是什么感觉,你就可以想象得出这匹澳大利亚马此刻的感受了。我都能看到他气得眼睛在喷火。

"喂,你这个马拉加进口笨公驴的儿子,"他咬牙切齿地说,"我要让你知道,在母亲这边,我和墨尔本杯的获奖者卡宾可有血缘关系。在我家乡,对于只有玩具枪、豌豆炮炮兵连里那些鹦鹉学舌、蠢得像猪似的骡子,我们可不习惯被这种家伙欺负!你是想打架吗?"

"站起来!"比利尖叫道。他们两个都用后脚站了起来,面对面注视着对方。我正期待着一场激烈的打斗呢,这时黑暗中从右方传来一个低沉的声音:"孩子们,你们在吵什么呢?安静。"两个野兽的怒吼声变成了鼻子里的哼哼声,他们低头趴下了。原来是来了一头大象。马和骡子听到大象的声音都受不了。

"是双尾巴!"战马说,"我真受不了他。两头都有尾巴,可真奇怪!"

"我也这么觉得，"比利说着挤到战马旁边，"我们在某些方面还是挺像的。"

"我想应该是遗传我们的母亲吧，这倒没什么可争辩的。"战马说，"嗨！双尾巴，你被拴好了吗？"

"拴好了，"双尾巴回答道，笑着仰起鼻子，"晚上我会被拴到木桩子那儿。我听到你们说的话了。不过别怕，我不会走过去的。"

公牛和骆驼小声嘀咕。"怕双尾巴——瞎说！"公牛继续说，"我们很抱歉让你听到了，但这是事实。双尾巴，他们开炮的时候你为什么害怕？"

"嗯，"双尾巴一边用一条后腿蹭着另一条后腿，就像个念诗的小男孩，"我不知道你们能不能理解。"

"我们不理解，但是我们还得拉大炮。"公牛说。

"我知道，而且我知道你们比自己想象的还要勇敢得多。但我就不一样了。之前有一天，我炮兵连的连长称我为皮厚又迟钝、落伍的家伙。"

"我想，那是说你会用另外一种战斗方式吧？"比利又有了精神。

"你不懂那是什么意思,但是我懂。意思是我是介于马和驴之间的,这就是我的处境。我能清楚地知道炮弹爆炸时会发生什么,而你们公牛就不能。"

"我能,"战马说,"至少知道一点。只是我努力地不去想它。"

"我能看到的比你多多了,而且我总是会去想它。我必须得好好照顾自己,一旦我生病了,没有人知道怎么医治我。他们所能做的就是不再给我的象夫发工钱,直到我好了能干活了。而我又不能信任我的象夫。"

"啊!"战马说,"这就能解释得通了。我能信任迪克。"

"就算你把一大群迪克放在我背上,也不能让我觉得好过点。我太知道不舒服的滋味了,但我也不知道没有他该怎么继续生活下去。""我们不懂。"公牛弄糊涂了。"我知道你们不懂。我不跟你们说了,你们不知道什么是血。""我们知道,"公牛说,"就是那种红色的东西,会渗到地里,还有腥味。"想到那股令人不舒服的味道,战马就喷着鼻息踢了下腿,还跳了下。"别说这个了,"他说,"我想想都能闻到那股味了。那味道让我想逃跑——当迪克不在我背上的时候。""但是这里没有血啊,"骆驼和公牛问,"你怎么这么蠢啊?""血真是令人恶心的东西,"比利说,"我不想跑,但我也不想提它。""你们在这儿啊!"双尾巴摇着尾巴说。"是啊,我们整晚都在这儿。"公牛回答道。双尾巴跺跺脚,脚上的铁环叮当响。"哦,我不是在跟你们讲话。你们脑袋里可是想象不到什么东西的。"

"不啊,我们用四只眼睛可以看,"公牛说,"我们能看到前面的东西。"

"要是我能那么看,就算别的什么都不会,也不需要你们去拉那些大炮了。我的连长在开炮前能在脑海里想象、看到结果,他会紧张得全身颤抖,不过他懂得太多了,也明白自己不能跑。我如果能像他一样,就也能去拉炮了。但如果我有他们那么聪明的话,也不会落到今天这步田地了。我本该是森林之王的,我以前就是,每天可以睡到自然醒,想洗澡时就洗澡。我现在都一个月没洗个舒服澡了。"

"想得是挺好啊,"比利说,"不过你换种方法解释也不会好到哪儿去。"

"嘘！"战马说，"我觉得我现在能理解双尾巴是什么意思了。"

"你过会儿会更明白的，"双尾巴不悦地说，"够了，倒是先给我解释解释你们为什么不喜欢这样！"

他用最大的嗓门疯狂地吼叫了起来。

"闭嘴！"比利和战马一起说，我听见他俩颤抖的声音。大象的怒吼还是挺吓人的，尤其在黑漆漆的夜里。

"我就不停，"双尾巴说，"你们就不能说说看吗，非要我求你们吗？哼啊！哼啊！呃啊哈！"突然，他停了下来，我听到从暗处传来一声弱弱的呜咽，是我的维克森来找我了。我俩都知道，没什么比一只吠叫的小狗更让大象害怕的了。维克森停下来去吓唬拴在木桩上的双尾巴，绕着他的脚狂吠。双尾巴吓得挪来挪去，大叫道："走开，小狗！别嗅我的脚脖子了，不然我可踢你了。好狗狗，乖狗狗，快走！回家吧，你这个狂叫的小野兽！啊，为什么没人把她带走啊？她马上要咬到我了。"

"我觉得，"比利对战马说，"我们的朋友双尾巴可能什么都怕。如果我在阅兵场上每踢一次狗就能换一顿饱饭的话，我可能都和双尾巴一样胖了。"

我吹了个口哨，维克森立马跑到我身边。她浑身是泥，舔着我的鼻子，告诉我她在营地里到处找我的漫长经历。我从没让她知道我能听懂动物的语言，不然她可就要为所欲为了。我把她抱到胸口，扣在大衣里。双尾巴仍然坐立不安地乱走，不停地跺脚，低声吼叫着。

"吓人！太吓人了！"他说，"我们家族都这样。哎，那个脏兮兮的小东西跑到哪里去了？"我听到他用象鼻子到处嗅来嗅去。"大家可能都受到了不同程度的影响吧，"他鼻子哼了哼气，继续说道，"我相信，当我吼叫的时候，你们这些绅士想必也受到了惊吓。"

"还真没吓到，真的，"战马说，"但这让我觉得，好像我放马鞍的地方有许多大黄蜂嗡嗡地飞来飞去。求你别再叫了。"

"我会被小狗吓到，而这儿的骆驼晚上是被噩梦吓着。""非常幸运的是，我们不必用同样的方式打仗。"战马说。"我想知道的是，"沉默了很久的年轻骡子问，"我们到底为什么要打仗呢？""因为人们命令我们去打仗啊。"战马不屑地哼了一声。"命令？"骡子比利牙关猛地紧咬，"呼哼——嗨！"（这是命令）骆驼咯咯地学，双尾巴和公牛跟着重复了一遍，"呼哼——嗨！""那是谁发命令呢？"刚入伍的骡子问。"走在你前面的人，或者是骑在你背上的那个人，或者是牵你鼻子上缰绳的那个人，又或者是扭你尾巴的那个人。"比利、战马、骆驼和公牛一个接一个地说。

"但是又是谁给他们发的命令呢？"

"你想知道的东西太多了，年轻人，"比利说，"你这是在找揍。你要做的就是服从你前面那个人的命令，也别问问题。"

"他说得对，"双尾巴说，"我并不总是服从命令，因为我在中间会害怕，所以摇摆不定。但比利说的是对的，听从你身边的人发出的命令，不然你会耽误整个炮兵连的进度，会挨揍的。"

两头公牛站起来准备离开，说道："天就要亮了，我们也该回队伍了。确实，我们只会用四只眼睛看东西，不够聪明。不过，我们是今晚唯一没有害怕过的人。晚安，勇敢的大家。"

谁也没有回答,为了转移话题,战马开口了:"刚才那条小狗跑哪儿去了?有狗就意味着附近有人。"

"我在这儿,"维克森汪汪回应道,"我和我的主人在炮尾下面。你这个大笨骆驼,晚上乱撞把我们的帐篷弄坏了。我的主人非常生气。""唷!"公牛说,"他一定是个白人!""当然是了,"维克森叫道,"你以为我会让一个赶牛的黑人照顾我吗?""啊!哦呜!啊!"公牛说,"我们快点走吧。"他们跳进泥地里往前冲,但挂有他们牛轭的弹药车却陷在了泥泞里。他们拼命地拉牛轭。"你们已经尽力了,"比利平静地说,"别挣扎了。看来你们要一直耗到天亮了。这都是什么事呀?"公牛们喷着鼻息,长长地嘶吼,然后使劲拉,又推又转,想用力踩地却又滑倒,几乎是跌在了泥地里,嘴里还气得咕哝。"你们的脖子都快拉断了。"战马说,"白人怎么了?我就和他们住在一起呀。""他们——吃——牛肉!拉呀!"靠近点的公牛说。

牛轭突然啪的一声折断了,他们踉跄地往前移了两步,一起停了下来。

我以前从来不知道印度牛为什么这么害怕英国人。原来

丛林之书

是因为我们吃牛肉——赶牛人从来不碰牛肉——当然牛也不会喜欢。

"真想拿我垫子上的锁链打自己，清醒一下！谁会想到这两个大块头能这么没脑子？"比利说。

"没事。我去看看这个人。据我所知，大部分白人都会在口袋里放点吃的。"战马说。

"那我就先走了，我可没法说我很喜欢他们，而且，那些没地方睡觉的白人很可能是小偷，我背上还驮了很多政府财产呢。来吧，年轻人，我们该回队伍里去了。晚安，澳大利亚马！明天检阅见！晚安，老草包！控制一下自己的情绪，好吗？晚安，双尾巴！如果明天操练场上你从我们身边经过，千万别叫，会破坏我们队形的。"

骡子比利学着老兵的样子，大摇大摆慢悠悠地走了。战马把脑袋往我胸前靠，用鼻子蹭蹭我，我给了他一点饼干吃。这时，维克森，那只骄傲自大的小狗，向战马瞎吹牛说我和她在附近养了好几十匹马。

"明天检阅的时候，我会拉着我的双轮小车去参加，"维克森问，"到时候你在哪儿？"

"就在第二骑兵中队的左侧。小姐,全体战马速度都得我来把控。"他彬彬有礼地说,"现在,我得回迪克那儿去了。我尾巴上都是泥,他得花两个小时来给我清洗装扮,好参加检阅仪式。"

那天下午举行了三万人的大阅兵。我带着维克森占了靠近总督和阿富汗埃米尔的好位置。埃米尔头上戴着俄国羔羊毛的黑色高礼帽,中间还镶着一块大钻石星星。检阅进行第一部分时,天空明媚,阳光灿烂。步兵团走过去,整齐划一抬起的腿像波浪般起落,所有枪支排列成行,我们看得眼花缭乱。紧随其后的是骑兵部队,伴随着悠扬的曲子《邦尼·邓迪》,马儿们缓缓地跑过,坐在双轮小车旁的维克森竖起了耳朵。第二骑兵中队迅速通过,那匹战马就在里面,尾巴像纺过的丝线一般顺滑,他的头被拉到了胸部,一只耳朵朝前,另一只朝后,为他的骑兵中队控制速度,他的腿走起来就像华尔兹乐曲那样平稳。接着过来的是大炮,我看见了双尾巴和另外两头大象,他们排在一行,拉着一门能发射十八公斤重炮弹的攻城大炮,后面跟着二十对公牛。第七对上了新牛轭,他们看上去很不舒服,而且很疲倦。最后过来的是螺旋式炮,骡子比利得意扬扬，就像所有部队的统帅似的。他的挽具上了油，擦得闪闪发亮。我一个人为骡子比利欢呼喝彩起来，但他完全没有往我这边看看。

过了一会儿，又开始下起了雨，雾蒙蒙的根本看不清部队在干什么。他们在平地上围了一个大大的半圆形，又展开变成一条直线。直线越变越长，前后延伸了有一千多米——形成了一面由人、马和大炮组成的坚固的墙。这面墙径直朝着总督和埃米尔走去，随着他们越走越近，地面开始震动，感觉像站在汽船甲板上，发动机引擎在加速转动一样。

如果不是亲临现场，你很难想象军队缓慢而稳健逼近的场面有多么震撼，尽管大家都知道这只是一次普通的阅兵而已。我看了看埃米尔的反应，在此之前，他脸上还没有显露出丝毫的震惊或其他表情，但现在他眼睛越睁越大，抓紧坐骑的缰绳，往后看了看，像要后退似的。有那么一会儿，他紧张得好像要拔出剑，从后面坐在马车里的英国男女之间杀出一条路来。但接着部队突然停止前进，大地也不再晃动，所有队列致敬行礼，三十支乐队齐声演奏。检阅仪式到此结束，军队方阵淋着雨走回各自的营地，步兵乐队开始演奏——

> 动物们两两进去了,
> 　　万岁!
> 动物们两两进去了,
> 　　大象和炮兵连的骡子,
> 　　他们都进了方舟,
> 　　为了躲避那场雨!

这时,我听到一位花白长发、来自中亚的老首领在向一位当地军官问话。这位首领是跟着埃米尔一道来的。

"请问,"他说,"这么精彩的检阅仪式是怎么做到的?"军官答道:"只要下达命令,他们就会完成的。""但是动物能和人一样聪明吗?"首领问。"这些动物会服从命令的,像人一样。不管是骡子、马、大象,还是公牛,他们都会服从各自驾驭者的命令,而他们的驾驭者会服从他们的中士,中士服从中尉,中尉服从上尉,上尉服从少校,而少校服从上校,上校则服从统率三个兵团的旅长,旅长服从将军,将军服从总督,而总督则是女王的仆人。事情就是这么完成的。"

"如果阿富汗也能这样就好了!"首领说,"在我们那儿，所有人都只服从自己的意愿。"

"所以嘛，"那位当地的军官捻着胡须说，"你们不服从的埃米尔必须来我们这里，听从我们总督的指令呀。"

军营动物的阅兵之歌

炮兵连的大象

我们曾为亚历山大贡献大力神般的力气，

我们还有智慧的头脑，灵活的双膝；

我们低下脖颈，辛勤效劳：自此缰绳便再未解开——

让路了——为三米高的大象队伍让路，

我们是拉着十八公斤重炮弹的队伍！

炮兵连的公牛

全副武装的英雄们躲开了炮弹，

他们知道那点粉末会让每个人都震颤；

然后我们开始行动，再次拖起大炮——

让路了——为二十对公牛让路，

我们是拉着十八公斤重炮弹的队伍!

骑兵团的马

凭我们肩上的烙印起誓,

世界上最动听的曲调,

是枪骑兵、轻骑兵和龙骑兵演奏的,

什么比"马厩""喝水"更美妙——

就是骑兵曲《邦尼·邓迪》里的嘚嘚马蹄!

喂养我们,训练我们,为我们刷洗,

给我们优秀的骑士和舒适的住所,

让我们分成纵队出发,看吧,

我们就是伴着《邦尼·邓迪》曲调行军的战马!

螺旋式炮兵连的骡子

我和同伴沿着山坡往上爬,

山路到处是滚石,但我们不怕;

因为我们有法子蜿蜒行进,

我的兄弟们,从各处爬攀,

噢，征服高山是我们的乐趣，

我们又怎会气喘吁吁！

信任我们选路的中士们都会有好运；

不会捆驮辎重的赶骡人活该倒霉：

因为我们有法子蜿蜒行进，

我的兄弟们，从各处爬攀，

噢，征服高山是我们的乐趣，

我们又怎会气喘吁吁！

军需部的骆驼

我们没有自己的骆驼赞歌，

来帮助我们缓解恐惧饥饿，

但我们的脖子就是长毛的喇叭，

（哩嗒——嗒——嗒！是长毛的喇叭）

这就是我们的行军之歌：

不能！不行！不该！不要！

沿着队伍把货物传！

有谁的重担已从背上卸下，

真希望是我的!

有谁的包裹打翻在地上——

能停下歇歇,真值得欢呼雀跃!

呃!呀!嗬!啊!

又是谁赶上来了呀!

(众兽合唱)

我们是军营的孩子,在各自的位置服役;

行李挽具护垫货物,牛轭刺棒催着赶路。

队伍穿过蜿蜒平原,好似脚上绳索缠旋,

抵达回程周而复始,全力投入战事将至!

身旁军人一道行走,风尘仆仆困倦已久,

静默向前不知所以,痛苦行军永不停息。

我们是军营的孩子,在各自的位置服役;

行李挽具护垫货物,牛轭刺棒催着赶路!